ちゃん!
ZENRYOKUKAIHI
FLAGCHAN!
JN067287

「いつも料理すみません、恋愛フラグさん」
「全然いいよ。しーちゃんに任せたらダークマターができるし、せーちゃんは鳥のササミとかしか出さないし」
恋愛フラグ
RENAI FLAG
天使No.51。
異世界でも相変わらず
自分が楽しむことを優先してしまう？

異世界で共同生活？
死亡フラグちゃん
SHIBOU FLAGCHAN
死神No.２６９。
落ちこぼれの死神。異世界に
閉じ込められることに。
生存フラグ
SEIZON FLAG
天使No.11。
他人への当たりがキツいドSぶりを活かし
異世界で大活躍……？

異世界で猫に……？
「恋愛フラグさんが間違えて、
私の朝食に『ネコナルンZ』という薬を混ぜちゃったみたいで……
ちなみに昨夜の食事でも、
間違えて生存フラグさんのに入れちゃったみたいです」
死亡

「それを間違いと思えるキサマに、
わしは感心するわ」

「よーし、がんばれフラグちゃん！」

モブ男が黒髪を、わしわしと『なでる』。

スキルによりその気持ちよさは百倍。

好きな人に抱きしめられたフラグちゃんには、
刺激が強すぎる追い打ちだ。

「うにゃあ……」

ビーストテイマーのハグ……？

011 プロローグ

一話
014 仲間をパーティから追放したらどうなるのか？

二話
045 異世界でネット通販できたらどうなるのか？

三話
063 異世界屋台を営業したらどうなるのか？（五階層攻略）

四話
077 魔物を食べたらどうなるのか？

五話
096 獣人になったらどうなるのか？（六階層攻略）

六話
120 罠や魔物を配置できたらどうなるのか？（七階層攻略）

七話
139 人物鑑定スキルを得たらどうなるのか？

幕間
158 死神№13と神様はどうしているのか？

八話
166 時間停止できたらどうなるのか？（八階層攻略）

九話
180 ドMになったらどうなるのか？

十話
196 攻略本を拾ったらどうなるのか？（九階層攻略）

十一話
209 骸骨になったらどうなるのか？（十階層攻略）

十二話
232 決戦でどうするのか？

253 エピローグ

CONTENTS

全力回避フラグちゃん！２

壱日千次
原作：Plott、biki

口絵・本文イラスト●さとうぽて

プロローグ

地上の遥か上空にある、天界。

ここにそびえる宮殿では、沢山の『天使』や『死神』が働いている。

その最高指導者が、神様だ。痩せ型でロン毛、無精髭をはやした男性である。

いま彼は、玉座がある謁見の間でパソコン画面とにらめっこしていた。

「どうしたのですか、神様。苦い顔をして」

声をかけたのは、謁見の間に入ってきた死神№13だ。若草色の髪の美女で、非常に優秀な死神である。

「パソコンの画面に反射した、自分の老けた顔に愕然としましたか？」

「いきなり酷いね君」

神様は頬をひきつらせつつ、説明する。

「さきほど死神№２６９、天使№11、天使№51が、修行のため、僕の作った『仮想世界』に入っていったのだが……」

フラグちゃん、生存フラグ、恋愛フラグのことである。

仮想世界には『モブ男』という練習台がいて、彼が立てる様々なフラグを回収するのだ。

「三人が、仮想世界から出られなくなってしまってね」

「え、大変じゃないですか！　一体なぜ」

「何者かがハッキングを仕掛けてきたんだよ。犯人からこんな声明文が送られてきた」

神様はプリントアウトした紙を見せた。

「やあ、死神No.269、天使No.11、天使No.51
天界への扉は、私が消させてもらった
このままでは、君たちは帰還できない
そこで、ゲームをしよう
私は仮想世界のどこかに、帰還するための『アイテム』を隠した。それを見つけていただきたい」

No.13は、形のいい顎に手を当てながら、

「つまりNo.269たちが『アイテム』とやらを見つけないと、ここ天界に帰還できないということですか」

「らしいねえ」

神様はうなずいて、

「仮想世界の管理者権限は、犯人に奪われてしまった。今の僕はもう、№２６９達に電話することぐらいしかできない」

「なにを弱気なことを」

№13が、眉をつりあげて、

「仮想世界を作ったのは貴方なんですから、なんとかしてください！　犯人から管理者権限を奪い返せば、三人を帰還させられるかもしれないでしょう！」

「ど、努力しまーす！」

神様は慌てて背筋を伸ばし、キーボードをたたく。

№13は溜息をついて、画面を見つめた。そこには仮想世界の様子が映っている。

どうやら、中世ヨーロッパっぽい場所のようだ。

酒場のような建物内にフラグちゃん、生存フラグ、恋愛フラグがいる。

――そしてモブ男とかいう、練習用プログラムの姿も。

一話　仲間をパーティから追放したらどうなるのか？ 

中世ヨーロッパ風の都市『リエナ』。

その中央付近にある酒場は、大勢（おおぜい）の冒険者で盛り上がっていた。人間（ヒューマン）、エルフ、獣人、ドワーフなど種族も多様だ。

「ダンジョンの二階層の東側、いい狩り場だぜ」「新しい魔導書欲しいなぁ」

そんな、ファンタジーっぽい会話が交わされる中。

隅のテーブルに、いかにも『モブ』という感じの、人間の男がいた。

（俺の名はモブ男（お）。冒険者をやっている。今日はパーティの仲間を酒場に集め、ある決意を伝えることにした）

同席しているのは、胸が大きい魔導士のモブ美（み）、黒髪の僧侶のモテ美（み）……

そしてイケメン赤魔導士のモテ男（お）。

モブ男は『モテ男、パーティにいらないんじゃね？』と前から思っていた。

戦士である自分と違い、戦闘で前線に立たず補助魔法をかけているだけ。

嘲りの笑みを浮かべ、モテ男を指さして、

「役たたずめ！　お前はパーティから追放だぁ！」

「立ちました！」

『死亡』と書かれた小旗を振り現れたのは、小柄な可愛らしい少女だ。『死亡』と書かれた黒いシャツを着ており、ピコピコハンマーがついた大鎌を持っている。

「やあ、フラグちゃん」

この子は死神№２６９――『死亡フラグ』。『キャラクターの死が濃厚になる行動』をした者の前に現れる死神だ。この子が傍にいるかぎり、死から逃れることはできない。

「あ、生存フラグさんもいる」

「ふん」

ウェーブがかかったロングヘアの天使『生存フラグ』が、鼻を鳴らした。手元では趣味である折り紙をしている。

彼女は天使№11。

生存フラグが立った人間を生き残らせるのが仕事だ。

起伏豊かな身体に包帯を巻いているだけの、色気溢れる美女である。

「私もいるよ。やっほ～、モブ男くん」

「あ、師匠」

桃色ボブカットの少女が、両手を振った。白いブラウスに、フリルがついたピンクのスカートを穿いている。

彼女は天使№51『恋愛フラグ』。

恋愛フラグが立った者たちを結びつけるのが仕事だ。モブ男からは師匠と呼ばれている。

――天使や死神は、周りの人間から見えないようにする事もできる。今のフラグちゃん達は、モブ男以外からは見えていない。

フラグちゃんが『死亡』の小旗を、モブ男につきつけて、

「仲間をパーティから追放するのは死亡フラグですよ！」

「え？　なんで？」

「いわゆる『追放もの』において、モブ男さんの今の行動は死亡フラグです。モテ男さんが抜けたことにより戦力はガタ落ち。パーティが崩壊してしまうのが定番です」

「まっさかぁ。だってモテ男のヤツ、後衛で補助魔法かけるくらいしかしてないよ。いてもいなくてもいいじゃん」

ますます、抜けたあとパーティがピンチになるフラグだ。

モブ男は表情を引き締めて、

「それにさ。俺がモテ男を追放するのには、もっと大きな理由があるんだよ」

「まさか、モテ男さんの命を助けるためとか……」

自分が憎まれ役になり『力が落ちる者』を抜けさせようというのだろうか。

「いや、パーティの女子二人が、モテ男に好意を持っててさ。ヤツが抜ければ、俺の逞しさに惚れるだろう」

「むむむ」

モブ男に好意を持っているため、頬を膨らますフラグちゃん。

生存フラグは「相変わらずのクズじゃな」と呟き、恋愛フラグはクスクス笑っている。

そのとき、モテ男が不思議そうな顔をした。

「……モブ男？　さっきから一人で何をブツブツ喋ってるんだい？」

モブ男は取り繕うように、

「い、いや、なんでもない。ともかく俺が伝えたかったことは以上だ。モテ男、早くパーティから出て行ってもらおうか」

モテ男は、寂しそうに酒場から出て行った。

フラグちゃんが、モブ男に耳打ちする。

「いいんですかモブ男さん？　モテ男さんには有能っぽいフラグが立ってます。他で仕事を得て大成功しそうですよ」

「大丈夫」

モブ男はニヤリと笑い、

「さっき冒険者ギルドに根回しして、モテ男に仕事を回さないよう伝えておいたからね」

「クズとして隙がない！」

ますます死ぬフラグである。


その後。

酔っ払ったモブ男は、ご機嫌のまま眠ってしまった。

そのだらしない寝顔を、恋愛フラグが覗きこみながら、

「モブ男くんが立てた死亡フラグは、結果が出るまで少し日数がかかるだろうね」

モテ男を追放した悪影響は、モブ男が何度か冒険に出てからハッキリするだろう。

「それまで、どう過ごしましょう」

細い首をかしげるフラグちゃん。

恋愛フラグが、膨らんだ胸の前で両手を合わせた。

「じゃあさ。三人でこの街に家でも借りて、一緒に暮らさない？」

「わぁ、いいですね」

フラグちゃんの胸が高鳴った。友人二人とルームシェア。たしかに楽しそうだが……

「そのためのお家賃とか食費とか、どうしましょうか」

仮想世界とはいえ、生活するのにお金は必要だろう。

「大丈夫じゃ」

生存フラグが、豊かな胸を張る。

彼女は折り紙をしながら、酒場の冒険者たちの会話に耳をかたむけていたようだ。そこから、何かヒントを得たらしい。

「生活費など、優秀なわしが何とかしてやる」

⚑問題が発生する

この都市『リエナ』は周囲を高い城壁（じょうへき）に囲まれている。
冒険者や職人などが各地から集まり、活気に満ちている。その大きな要因は街の中心にある、
ダンジョン
の存在だ。

ここには多種多様な魔物がいる。冒険者はそれらを倒し、皮やツノなどを素材として売ったりして生活している。

モブ男が身につけているチュニックやズボンも、魔物の皮から作られたものだ。

ダンジョンは、地下十階層まであるという。これまで冒険者が到達した最高記録は三階層だ。

モブ男のパーティは、二階層あたりを稼ぎ場とする中堅パーティ。

戦士のモブ男、魔導士のモブ美、僧侶のモテ美、赤魔導士のモテ男で順調に探索を進めていたのだが……

モテ男を追放してから二週間後。

酒場の片隅で、モブ男はフラグちゃんに愚痴る。

「いろいろ困ったことが起きてるんだ」

「モテ男さんがいなくて、戦闘で苦戦してるんですよね？」

「ああ。今までは二階層まで楽勝で行けたのに、今では一階層で足踏みする始末。そしてさらに、大きな問題が……」

「それは一体」

モブ男は自棄気味に、酒を飲み干して、

「パーティの女子二人と会話が続かない。今まではモテ男が間に入ってくれてたから喋れたのかも」

「うわぁ」

　ハーレムパーティとは、ほど遠い現状である。

　今日もメンバーと飲み会をしていたのだが、全く盛り上がらず、モブ美とモテ美はさっさと帰ってしまったのだ。

　しかも――モテ男は、モブ男の妨害にも負けず、新しいパーティで大活躍しているらしい。モブ男の想定とは何もかも違っている。

　フラグちゃんは、哀れむような目で、

「これからモブ男さんに待ち受けているのは『ざまぁ展開』のみです」

「ざ、『ざまぁ展開？』」

「酷(ひど)いことをしたキャラが、報いを受ける展開――冒険者として何もうまくいかなくなり、どん底まで落ち、ヘタをすれば死にます」

　モブ男は顔面蒼白(がんめんそうはく)になった。

「い、いやだ。死にたくない！　どうしたら『ざまぁ展開』を避けられるのか教えてくれ！」

　フラグちゃんのTシャツにすがりつくモブ男。フラグちゃんはそっぽを向いて、

「私は『死亡フラグ』ですよ。死を避ける方法なんて、教えると思います？」

　あまり説得力がない。

これまでもフラグちゃんは、死神でありながら何度も、モブ男が生き残るように手助けしてしまっていた。

「一生のお願い。足でもなんでも舐めるから！」

モブ男は土下座した。

そんな彼を見て、ほかの客がドン引きしている。今日もフラグちゃんは、周りから見えないようにしているからだ。見た目が幼いため、酒場にいると追い出されるのである。

「はぁ……」

フラグちゃんは、艶やかな黒髪をかいて、

「今回だけですよ？」

ギャンブル狂いのダメ夫を、何度も許す奥さんのようである。

人差し指を立てて、諭すように、

「いいですか？『ざまぁ展開』は、ざまぁの対象にヘイトがたまっていなければ成立しません。今、モブ男さんは、酷いことをしたからヘイトたまりまくりの状態です」

「ふんふん、つまり？」

「ヘイトを減らすべく『イヤなヤツ』から『いい人』になればいいんですよ。『いい人』が酷い目にあっても『ざまぁ』とは思わないでしょう？」

「なるほど……！　つまり『いい事』を、しまくればいいんだね！」

モブ男は土下座したまま頷いた。

そんな彼に、ウエイトレスが気味悪そうに声をかける。

「あの……お客さま？　飲み過ぎたのなら出て行って……」

（そうだ。さっそくこの店で『いい事』――皿洗いの手伝いでもさせてもらおう）

そう決意したモブ男。

ウエイトレスの手を強く握り、血走った目で、

「お姉さん！　俺、今すぐいい事したいんだ。お願いだ、いい事させてくれよぉ！」

「いやあああぁぁ変質者！」

『いい事』をエッチな意味に解釈され、モブ男は酒瓶でブン殴られた。


だがモブ男はめげず、翌日から『いい事』を開始した。

街のゴミ拾い、孤児院への寄付、隣の都市へ向かう商人の無料ボディガード、そして一週間後には……


「魔物を殺すなー！」

ダンジョンの入口前で、魔物の保護活動を始めた。

プラカードを掲げ、ダンジョンに入ろうとする冒険者と押し問答している。モブ美とモテ美は恥ずかしそうに、うつむいている。

フラグちゃんは驚いた。今日の彼女は、周りの人からも見えるようにしていた。

「モブ男さん、なにやってるんですか。『いい事』の方向性がおかしいですよ」

「おかしくない。魔物だって、この宇宙船地球号の仲間なんだから」

（ここ仮想世界だから、地球号じゃないですよ！）

心の中でつっこむフラグちゃん。

モブ男は胸に手を当て、悲しげに空を見上げる。

「魔物だって、人間同様生きているんだ。殺してその死体を利用するなんて、申し訳ないと思わないのかい」

「……一理あるかもしれませんが」

フラグちゃんはモブ男を指さして、

「モブ男さんだって、魔物の皮を素材にしたチュニックやズボンを着てるじゃないですか」

「そうか、じゃあ脱ごう」

「きゃああ――――!!」

モブ男は下着姿になった。フラグちゃんは真っ赤になり、両手で目を覆う。

続いてモブ男は、仲間のモブ美とモテ美に、にじり寄る。

「さあ二人も、魔物素材のものは脱ごう！　ダンジョンの生態系を守ろう！　SDGs（エスディージーズ）！」

「もうついていけないわ、このアホ！」

モブ美が杖（つえ）でモブ男の頭をどつき、モテ美と去って行った。

見学していた冒険者たちも、モブ男に『邪魔だからどけ』などとブーイングする。

だが中には、こんなことを言う者もいる。

「行動の是非（ぜひ）はともかく、すごい覚悟だ。ダンジョンで成り立つこの都市で、魔物保護を訴えるとは……」

（魔物保護？　そんなものは建前（たてまえ）だ。どうでもいい）

モブ男がしたいのは『ざまぁ展開』を避けるための、いい人アピールだけだ。

（ここまですれば、きっと……）

そのとき、モテ男が現（あらわ）れた。見覚えのない冒険者とパーティを組んでいる。

「モブ男、ずいぶん変わってしま……」

「モテ男ぉおおおお!!　いやモテ男さん、この前はごめんなさぁあああい!!」

モブ男はノータイムで土下座した。卑屈（ひくつ）な上目遣いをしながら、靴を舐（な）めて、

「追放した俺のこと、恨んでらっしゃいますよねぇ？」

「いいや」

（お、改心したフリが効いたのかな？）

期待するモブ男。

モテ男は、おぞましい物を見るような目で、

「むしろ追放してくれて感謝だ。今のお前は、イカれているからな」

単に引かれているだけだった。

それはともかく、これで『ざまぁ展開』は回避できただろう。

（くくく、演技とも知らないで。馬鹿が）

心中で舌を出すモブ男だが。

周囲の者達がざわつき、一斉に後ずさる。その視線は皆、モブ男の背後を向いている。

モブ男が振り返ると……

体高五メートルほどもある魔物がいた。一つ目の巨人・サイクロプスだ。ダンジョンから出てきたらしい。浅い階層では滅多に見かけない強力な魔物である。

サイクロプスはその巨大な手で、モブ男を掴んだ。

「ぎゃあぁぁ離せ、クソ魔物！」

「宇宙船地球号の仲間じゃないんですか？」

フラグちゃんは冷静につっこんだ。

モブ男は涙と鼻水を垂れ流し、じたばた暴れながら、

「フラグちゃん、こいつ殺して！」

「だめです。ダンジョンの生態系を守らないと」

「生態系より、俺の命が大事だよ！」

あっさり主張を撤回するモブ男に、フラグちゃんは溜息。

「仕方ないですね……」

フラグちゃんは大鎌による攻撃で、サイクロプスを圧倒した。

格の違いを悟ったのか、サイクロプスはモブ男を捨ててダンジョンへ逃げていく。

周囲から、驚きの声があがる。

（あぁ私また、モブ男さんを助けちゃった……）

彼女はあまりにも優しすぎる。それは死神として大きな欠点であった。

自分を責めるフラグちゃんだが。

冒険者たちは、彼女を褒め称えた。

「君めちゃくちゃ強いな、俺達のパーティに入らないか？」「『生存フラグ』さんに続く、スーパールーキーが現れた！」

取り囲まれ、勧誘され、たじたじになるフラグちゃん。

でも、少し嬉しい気持ちもある。

（わ、私、こんな賞賛受けるの生まれて初めてです）

フラグちゃんは落ちこぼれの死神。ゆえに天界では、同僚などからいつも馬鹿にされてきた。

『ダメ死神にも程があるよね』

『いなくなっても、誰も困らないっしょ』

そんな心ない言葉を、浴び続けてきたのだ。

この仮想世界には、意地悪な同僚はいない。冒険者の仲間になれば、もっと褒めて貰えるかもしれない。

(……でも、断らなきゃ)

フラグちゃんの目標は、ずっと前から決まっているのだから。

「ごめんなさい。私の目標は『立派な死神になること』なので!」

「死神になりたい?」

冒険者の一人が、不思議そうな顔をして、

「君はもう、立派な死神だよ」

へ？　と首をかしげるフラグちゃんに、

「その圧倒的な強さ。まさに『死神』と呼ぶにふさわしい」

「異名として呼ばれたいという事じゃないですっ」

フラグちゃんは逃げ出した。

冒険者たちに追いかけられ、勧誘されたが、なんとか振り切った。

新しい日常

ダンジョンから南には、店舗が軒を連ねる大通りが延びている。パン屋からは香ばしい匂いがし、鍛冶屋からはドワーフの職人が振り下ろす槌の音が聞こえる。

小腹がすいたフラグちゃんは、露店でビスケットを買って食べた。

（うーん……）

食感がボソボソだ。それに砂糖は貴重品なのか、あまり甘くない。甘党のフラグちゃんには物足りない。

すれちがう女性の中には、包帯だけを体に巻いているファッションの人もいた。この都市でカリスマになりはじめた『ある冒険者』の影響だ。

右折すると、金持ちや貴族が住む高級住宅街に入った。豪華な邸宅が多い。道の奥には、領主が住む城も見える。

立派な一軒家の門を、フラグちゃんは通った。

どすっ、という重い音が聞こえてくる。

広い庭の一角に、生存フラグがいた。木に吊したサンドバッグに蹴りを入れている。

汗で包帯がわずかに透けていて、とても色っぽい。腰や手に巻いている金環が、夕日にキラキラ輝いていた。

「む、帰ったか。モブ男の死亡フラグは回収できたか？」

「い、いえ……」

おずおずと、フラグちゃんは顛末を話した。

生存フラグは碧い目をつり上げ、

「『また助けてしまった』じゃと？　まったくキサマは、どれほど甘いのじゃ。そんなんだから、落ちこぼれなのじゃ」

クドクドと説教をする。

「まあまあ、せーちゃん、そのくらいで」

そこへ、ジョウロを持った恋愛フラグが現れた。庭の花に水をやっていたらしい。

「せっかく三人で暮らしてるんだし、和気藹々と過ごそうよ」

フラグちゃん、生存フラグ、恋愛フラグは今、この屋敷で同居生活を送っている。

「じゃがな――」

生存フラグが反論しかけたとき、フラグちゃんのスマホが鳴った。テレビ電話の着信のようだ。

　画面に、神様の姿が映る。

『やあみんな』

　アロハシャツを着て、頭には茨の冠をつけている。もともと仮想世界を創ったのは彼で、今もハッキングについて調べている。

　フラグちゃんの『死亡』Tシャツを作ったのも彼だ。

『そっちの生活は順調かい？』

「は、はい、生存フラグさんのおかげで、こんな立派なおうちに住めてますし」

　この仮想世界へ来て間もなく、生存フラグは冒険者ギルドに登録し、冒険者となった。生活費を稼ぐためと、魔物をぶちのめしてストレス解消するためだ。

　美しい彼女には、男性冒険者からの勧誘が殺到したが。

　もれなく全員蹴り飛ばし、ソロでダンジョンへ潜った。

　そして――地下三階層が歴代冒険者の最高到達点だったのを、四階層まで攻略している。早くも『都市最強の冒険者』と呼ばれているのだ。

　こんな立派な屋敷を借りられるのも、生存フラグが獲得した魔物の素材が高値で売れたからである。

　恋愛フラグが自慢げに、生存フラグの両肩を後ろからつかんだ。

「ねえ神様、せーちゃん凄い人気なんだよ。恰好を真似して、包帯を巻いただけで生活してる女子も多いくらい」

『それは、風紀の乱れが心配だね』

「どういう意味じゃキサマ」

生存フラグが、神様をにらみつけた。

「ところで……少しはハッキングの調査に進展はあったのか？　犯人――『X』から、管理者権限を取り戻すメドがついたとか」

ハッキング犯のことを、フラグちゃん達は便宜上『X』と呼んでいる。

神様は申し訳なさそうに、首を横に振る。

『結構苦戦しているね。今日連絡したのは『X』からまたメッセージが来たからなんだ。読み上げるよ』

「死神No.269、天使No.11、No.51。新生活は楽しんでいるかな？」

「ふざけたことを」

生存フラグが吐き捨てたとき、

「特に、ドSな天使№11は、魔物を思う存分ぶちのめせて楽しいんじゃないかな？」

生存フラグが「うっ」と押し黙った。図星だったらしい。

メッセージは続く。

「さて、君たちはその仮想世界から脱出するための『アイテム』を捜さなければならないわけだが……」

神様は、少し間を置いて、

「ダンジョンの十階層のボスを倒せば『アイテム』のありかを教えよう」

「「！」」

フラグちゃんと恋愛フラグは、顔を見合わせた。

生存フラグは鼻で笑い、手をひらひら振る。

「はん、では簡単ではないか。わしはあっという間に四階層まで攻略した。十階層などすぐ……」

「各階層には『フロアボス』という強力な魔物がおり、それを倒さなければ次の階層に進めない

フロアボスは機械兵やアンデッドなど盛りだくさんだ。撃破はそう簡単ではない」

彼女は幽霊のたぐいが大の苦手なのだ。アンデッドモンスターなど、見ただけで腰が引けてしまうだろう。

生存フラグが真っ青になった。

「ア、アンデッドじゃと」

「……っ」

落ち着かない様子で体をまさぐったあと、溜息をつく。

それを見て、フラグちゃんは気の毒に思った。

（折り紙がしたいんですね。でも）

この仮想世界へ来てから数日で、折り紙のストックが尽きてしまったらしい。趣味ができないのは、なかなかのストレスだろう。

神様が続きを読む。

「さて既(すで)に、その仮想世界のモブ男(お)とも遭遇(そうぐう)したと思うが……彼は今回『仲間を追放する』という死亡フラグを立て、そのフラグは一段落したモブ男はまた、その都市に『別のモブ男』として現れ、違うフラグを立てる」

フラグちゃんは考える。

(つまり——今まで特訓してきた仮想世界と、ほぼ同じでしょうか?)

これまで沢山のモブ男が、様々なフラグを立ててきた。

『戦争が終わったら結婚するんだ』という死亡フラグ。

『成功率が極端に低い手術』という生存フラグ……

それらのモブ男は『別のモブ男』であるため、基本的には記憶が引き継がれない。

神様が続ける。

『『X(エックス)』からのメッセージは以上だ。みんな、何か質問はあるかい?』

三人は顔を見合わせた。そしてフラグちゃんが手を挙げた。

「『X』の目的は、なんだと思いますか」

神様は無精髭(ぶしょうひげ)を撫(な)でながら、真剣な顔で、

『僕のカンが正しければ、天界に何かの恨みをもっているのかもしれない』

(恨み……)

暗い気持ちになるフラグちゃん。

神様は肩をすくめて、

『まあ、今はあまり気にしないで。『X』が言ったとおり、その都市にはモブ男が何度も出現し、様々なフラグを立てるだろう。モブ男でフラグ回収の練習をしつつ、じっくりダンジョンの十階層を目指してくれ。そして『アイテム』を獲得するんだ』

生存フラグが、豊かな胸の下で腕組みし、

「ふむ。じっくりといっても、わしらが仮想世界に居っぱなしで、天界の業務に影響は出とらんのか？」

『No.11とNo.51の穴はちょっと大きいかな。天使の仕事が滞ってる』

「……あの、わたしは」

『No.269は……その……あまり気にしないで』

落ちこぼれのフラグちゃんがいなくても、死神の業務にはなんの影響もないらしい。

せつなく目を伏せるフラグちゃん。恋愛フラグがその背中を撫でながら「も〜」と神様をとがめる。

神様は慌てて話題を変えた。

『そ、そうだ！　天界帰還へのモチベーションが上がるよう、ご褒美を用意したよ』

（ご褒美？　もしかしてハー〇ンダッツとか……）

期待するフラグちゃん。

神様は畳んであったロングコートを拡げて、

『ほら、君のための新コスチューム。背中に『死神参上』と刺繍してみたんだ。帰ったら着てみて』

暴走族の特攻服のようである。

フラグちゃんは、天界へ帰るモチベーションが更に下がった。

神様との通信を終えると、三人は屋敷のリビングに入った。

アンティーク調の家具でセンス良く彩られており、隅には暖炉。中央には大きなテーブルがある。

恋愛フラグがキッチンへ行き、あらかじめ準備していたシチューやサラダをよそったり、グラスに飲み物を注いだりした。料理は恋愛フラグの担当なのだ。

フラグちゃんが皿を運びながら、

「いつも料理すみません、恋愛フラグさん」

「全然いいよ。しーちゃんに任せたらダークマターができるし、せーちゃんは鳥のササミとかしか出さないし」

「ううう」

フラグちゃんは料理が苦手……という域を超えて、毒性すらあるものを生成してしまうのだ。

生存フラグはストイックすぎて、筋肉にいいものしか作らない。先日の夕食で『生のササミをドロドロに砕いたスムージー』が出てきたときは、お通夜のような雰囲気になった。

それはともかく。

三人はテーブルを囲み、食事をとりはじめた。

生存フラグは、頑固お父さんのようにむっつりとシチューを啜っている。

「お味はどうかな、せーちゃん」

「ふん、まあまあじゃ」

そして、生存フラグがグラスに口をつけた瞬間……

さめざめと泣きはじめた。

「嘘じゃ……いつも美味しい料理をありがとう……うう、どうしてわしはこうも、素直になれないんじゃ……」

絶句するフラグちゃん。それを横目に、恋愛フラグはウインクして舌を出す。

「あ、ボクったら、せーちゃんのグラスにだけ、水と間違えてウォッカ注いじゃった☆」

「どんな間違いですか……」

生存フラグは酒が少しでも入ると、泣き上戸になるのだ。

続いて彼女はフラグちゃんに抱きつく。碧い目に涙をため、鼻をぐすぐす鳴らしながら、

「さっきは怒ってすまんかった……キサマに立派な死神になってほしいから、心を鬼にして怒ったんじゃ」

「ええ、わかってますよ」

生存フラグは厳しいことも言うが、それはあくまで激励だ。侮蔑だけの同僚とは明らかに違う。

「ほ、本当か？　よかったのじゃ」

生存フラグは心から安心した様子で、フラグちゃんに抱きついた。たわわな胸がぐいぐい当たる。

その様子を見ていた恋愛フラグが、フラグちゃんの声色を真似て、

「『や、やっぱり物凄い胸です。私もこれくらいあったらモブ男さんをメロメロに……』」

「そんなこと考えてないですよぅ！」

嘘をつくフラグちゃん。

賑やかな食卓。

『X』のハッキングで強制的に始まった仮想世界生活だが、フラグちゃんはそれなりに楽しんでいた。

同僚からは馬鹿にされ、落ちこぼれのボッチだった彼女。友人とルームシェアなんて初

めてである。

だがいつまでも、ここに安住するわけにはいかない。

「『アイテム』を、早く見つけて、天界に早く帰還しないとですね」

「うん。『X』に吠え面かかせちゃおう。おー！」

拳を突き上げる恋愛フラグ。

生存フラグは、瞳をぎらぎら輝かせ、

「わしが『X』なんぞ、血祭りにあげてやる。景気づけじゃ。もっと酒もってくるんじゃ」

戦国武将のようなことを言いながら、気勢をあげるのだった。

⚑『X』

それから恋愛フラグが二人にカクテルを振る舞い、軽い飲み会となった。

ひとしきり盛り上がったあと、酔い潰れた生存フラグをフラグちゃんがおんぶする。

「生存フラグさんは、私が運んでおきますので」

三人はこの屋敷に、それぞれ部屋を持っている。

「よろしくね、じゃあおやすみ～」

恋愛フラグは自分の部屋へ入って、後(うし)ろ手(で)に鍵をかける。天蓋(てんがい)つきの可愛(かわい)らしいベッドに腰をおろした。

「さてと」

手をかざす。

すると空中から……ノートパソコンのようなものが現れた。

「じゃっじゃ〜ん、天界アイテム『ハッキングデキール』！」

恋愛フラグは、先日これを使い、仮想世界の管理者権限を神様から奪った。

フラグちゃんたちを仮想世界に閉じこめた『X(エックス)』。

それは恋愛フラグだったのだ。

この仮想世界脱出に必要な『アイテム』とは『ハッキングデキール』のことなのである。

恋愛フラグはクスクス笑った。

（まさか、しーちゃんもせーちゃんも『アイテム』がこの屋敷にあるとは思わないだろうなぁ）

夕食前のテレビ電話。神様が『X』について、

『僕のカンが正しければ、天界に何かの恨みをもっているのかもしれない』

なんて言ったときは、吹き出すのを我慢した。

（恨みなんてまったくないよ～。『楽しそうだから』ってだけ！）

むろん神様にメッセージを送ったのも、恋愛フラグである。

「ダンジョンの十階層のフロアボスを倒せば『アイテム』のありかを教えよう」

この言葉どおり、十階層のフロアボスが倒されれば。

恋愛フラグは『ハッキングデキール』のことを……自分が『X』であることを明かすつもりだ。

（その時しーちゃんや、せーちゃんはどんな反応するかな？）

もしくは——その前に気付かれるかも知れない。

（この都市の名前で、ボクが犯人ってことを暗示しているからね）

『リエナ』。

この言葉について、よく考えてみればわかるはずだ。

恋愛フラグにとって、これはあくまでゲーム。

ゲームマスターはプレイヤーに、程よくヒントを与えなければならない。

（さて、じゃあ『次のモブ男くん』の設定を考えようかなっ）

恋愛フラグは『ハッキングデキール』のキーボードをたたく。

普段、仮想世界の設定を行っているのは神様だが……

いまその権限は恋愛フラグにある。この仮想世界において、ほぼ全てが思い通りになるのだ。

建物などの配置、街の人々の動き……

むろん練習用プログラムであるモブ男の設定も、いじれる。

（『次のモブ男くん』には、この能力を持たせよっと。彼、どんなフラグを立てるかな？）

鼻歌交じりに作業を進める。

楽しいゲームは始まったばかりだ。

二話　異世界でネット通販できたらどうなるのか？

　中世ヨーロッパ風の建物が立ち並ぶ、都市リエナ。

　その街中に、Ｔシャツとジャージ姿の、場違いな恰好の男が立っていた。

（俺の名はモブ男。このあいだ、日本から異世界転移してきた）

　彼が手をかざすと……

　目の前の空中に、パソコンのディスプレイのようなものが浮かぶ。そこにはなんと、通販大手Ａｍａｚａｎのサイトが表示されていた。

『ナイフ』をクリックして『購入確定』ボタンを押してみる。

　すると空中からＡｍａｚａｎの段ボール箱が現れ、地面に落ちた。開けると梱包材に包まれたナイフがある。

（どうやら俺には、地球のネットショップから買い物できる能力があるらしい）

　そこで、モブ男が考えたのは……

（地球の商品を異世界で売って、大金持ちになることだ！）

「立ったぞ？」

白い翼をはためかせ、生存フラグが現れた。

「現代のものを異世界で売るのは、成功パターン。生存フラグじゃ」

「やっぱり！　……ところで生存フラグさん、ダンジョン攻略はしなくていいの？　この都市一の冒険者として有名らしいけど」

「べ、別に急ぐものでもないしのう」

生存フラグは居心地悪そうに目をそらした。四階層まで攻略したものの『どこかにアンデッドがいる』と聞いたため、進むのにためらいが生まれている。

彼女は話をそらした。

「ところでモブ男よ。この都市リエナで何を売るつもりじゃ？」

「百円ショップ――ダ○ソーのネットショップで仕入れて、売ろうかなと。安く仕入れられるし、質もなかなか。ここ異世界の人たちも食いつくと思う」

それからモブ男は借金をして、都市の片隅に小さな店舗を借りた。

そこにダ○ソーのネットショップで買った雑貨や、食品などを並べる。

来客に食品を試食させると、その美味しさに驚いてどんどん売れていく。

ダンジョンに潜る冒険者には、保存が利く缶詰や、フリーズドライのスープが大人気だ。

「いやあ良い店だ」「ありがとう、また来るよ！」

客に褒められて喜ぶモブ男。

生存フラグは、豊かな胸の下で腕組みしながら、

「よかったのう。何の取り柄もないキサマが、現代日本から物を持ってくるだけでチヤホヤされて」

「言い方！」

モブ男は突っ込んだ。

それから客で溢れる店内を見て、目を細める。

「でも確かに、人々を笑顔にできるっていいね。最高の報酬だよ」

「ふむ、少し見直したぞ……と、ところでモブ男。わしにも……その……」

珍しく、口ごもる生存フラグ。

だが話をそらすように、店の奥にある大きな暖簾を指さした。

「あ、あの奥では、何を売っておるんじゃ？」

「それは」

言いよどむモブ男。

怪訝に思った生存フラグが、暖簾をくぐってみると……驚愕した。

「な、ななな」

そこには、エッチな本が山積みになっていた。千冊ほどはあるだろうか。

「なんというものを、異世界に持ち込んでおるのじゃ！」

おぞましそうに本を見て、

「古い雑誌ばかりじゃな……」

「ネット書店で投げ売りされてたのを買ったんだ。一冊あたり一円で」

生存フラグは値札に、碧い瞳を見ひらいた。

「なに、この小汚い雑誌一冊が――異世界の金額に換算すると、一万円くらいじゃと⁉」

仕入れ値の一万倍。恐ろしいほどのボッタクリだ。

だが……それでも。

この都市の男たちは、エッチな本をどんどん買っていく。

この世界の『そういう本』は、せいぜい春画のようなもの。写真があるモブ男の本は、
革命的だったのだ。

そして閉店後。

モブ男の前には、金貨が山のように積み上がっていた。

それらを両手ですくいながら、欲望に歪みまくった笑みで、

「はははは、なんて楽な商売だ！　ゴミ同然で売られてた本を売るだけでこれ！　異世

界の奴らチョロい！」

「『笑顔が最高の報酬』とか、言っとったじゃろうがい」

　生存フラグはモブ男のケツにタイキックした。

　倒れた彼を踏みしめながら、釘をさす。

「いいかモブ男よ。ちゃんと異世界の人々に役立つ商品も売るのじゃぞ？　それこそ生存フラグじゃ」

「わかってるよ。俺を信じてくれ」

　そういうモブ男だが、金貨に頬ずりしているため説得力はない。

⚑

　翌日からモブ男の店は、エッチな本の専門店になった。

　なにしろネット書店でたたき売りされているものが、とんでもない高値で売れるのだ。缶詰や雑貨を安く売っているのがアホらしくなる。

　モブ男の資産は日に日に膨れあがり、都市有数の金持ちとなった。一等地に豪邸をかまえ、大広間で豪華な家具に囲まれ、高級ワインをがぶ飲みする。

「はははは、俺は成功者になったぞ！」

「立ちました！」


『死亡』の小旗をふりかざし、フラグちゃんが現れた。

「商売で初心を忘れるのは死亡フラグですよ！」

「くっくっく。フラグちゃん、俺に死亡フラグなんか立てていいのかな？」

モブ男は能力を発動し、空中にAmazanの画面を表示させた。

「死亡フラグを消すのに協力したら、なんでも好きなお菓子を買ってあげるよ。ハー○ンダッツ食べたいだろ？」

「ハ、ハー○ンダッツ……！」

フラグちゃんは大の甘党。この仮想世界にも菓子はあるが、現代日本などと比べるとどうしても味が劣る。

(食べたい……けど)

フラグちゃんは必死に我慢し、首を横に振った。ドクロの髪飾りがついた黒髪が揺れる。

「いえ……買収には応じません」

「まあ、あまり期待してなかったけどね」

「ですが、買って欲しいものはあります」

それについて説明すると、モブ男は笑った。

「なるほど、フラグちゃんらしいね。じゃあサービスで買ってあげよう」

モブ男はＡｍａｚａｎのサイトで『あるもの』を購入。

現れた段ボール箱を、フラグちゃんは抱きしめて幸せそうに微笑む。

「ありがとうございます……ところでモブ男さん、このお屋敷、ずいぶん警備が厳重ですね」

屋敷内や庭を見れば、たくさんの武装した男達がいる。

「彼らはボディガードだよ。冒険者ギルドに依頼を出して、派遣してもらったんだ」

モブ男は声をひそめて、

「実は……俺が売ったエッチな本のせいで、夜の商売が大ダメージを受けてるらしいんだよね」

「ああ……」

モブ男の本は高いし、エッチな欲求はある程度満たされる。

この都市の男性は、夜の遊びに回す金がなくなったのだろう。

「で、『エッチな本を売るのをやめろ。さもなくば殺す』という脅迫状が届いてるんだ」

フラグちゃんは不安げに、大鎌を握りしめる。

「そういう夜の商売って、マフィアなど裏社会の人間が関わっているもの。モブ男さん、これはますます死亡フラグなのでは」

「俺は負けないよ。表現の自由は、テロリズムに屈してはならない」

モブ男は、アメリカみたいな事を言ったあと、

「それに、俺はもっと儲けるつもりだ。そのために、有り金ほぼ使ってこれらを仕入れたんだ」

彼の後ろにはエッチな本が山積み……というか、巨大な壁のようになっている。

「これを全部売ったら、どれほどの金持ちになれるんだ？　くく……」

その時、轟音が聞こえた。屋敷の門のあたりからだ。

つづいて武器がぶつかりあう音や、魔法の炸裂音が聞こえてくる。

ボディガードの一人が報告に来た。

「マフィアたちが殴り込んできました！」

「わかった、迎撃してくれ」

モブ男は冷静だ。

「大丈夫だよ、フラグちゃん。ボディガード達にはしっかり報酬を与えたからね」

「沢山のお金を渡したんですね」

「いや、エッチな本十冊だ」

「まさかの現物支給！」

だがマフィアとの戦闘は、どうやら劣勢のようだ。次々に敗報が届く。

どうやらマフィアはボディガードに、夜のお店で使える無料券を渡して、懐柔しているらしい。

「くそー！　エッチな本は現実に勝てないのか！」

地団駄を踏むモブ男。

彼がいる広間に、マフィア十人がなだれ込んできた。それぞれ剣や槍で武装している。絶体絶命だ。

だがモブ男は不敵に笑う。

彼の前には——Ａｍａｚａｎで購入したロケット花火が、千本ほども置かれていた。

「くらえ！」

モブ男が火をつけると、轟音と共にマフィアへ殺到する。広間は悲鳴と火薬の匂いで満たされた。

「うわっ、なんだ⁉」「こんな火炎魔法見たことないぞ！」

逃げ惑うマフィアを見て、モブ男は高笑いする。

「ははは、ざまあみろ。表現の自由を妨げる愚か者ども！」

「モブ男さん、モブ男さん」

フラグちゃんが、Tシャツをくいくい引いてくる。

なんだい、と尋ねると、フラグちゃんは広間の一角を指さして、

「明後日の方向に飛んでいったロケット花火が、本も燃やしてますけど」

「な⁉」

たしかに、エッチな本の山が燃えさかっていた。モブ男からすれば、札束が燃えるような感覚だろう。

モブ男は消化にあたるべく、脱いだTシャツで火を叩いた。

だが逆に炎に巻き込まれる。

「モブ男さ――ん‼」

ほぼ、自主的な火葬である。

瀕死のモブ男は仰向けに倒れた。フラグちゃんを見上げ、弱々しい笑みで、

「俺は一体、どこで商売を間違えたんだろうな」

「結構明白じゃないですかね……」

エッチな本で、荒稼ぎをもくろんだとき以外にない。

モブ男はハッとした様子。欲望まみれだった瞳が、いつのまにか嘘のように澄んでいる。

「そうだ……俺の品物で、喜んでくれる人たちの笑顔。それを忘れていたんだ」

モブ男は力を振り絞り、空中にＡｍａｚａｎ（アマザン）の画面を表示させる。

注文すると、段ボール箱が現れた。

「フラグちゃん。君が一番欲しいものを買った」

「えっ」

「受け取ってくれ。そして笑顔を見せてくれ。それを見ながら逝（い）きたい」

（私が一番欲しいもの――まさか、ハー○ンダッツ）

モブ男は最後の力をふりしぼり、フラグちゃんの好物を買ってくれたのだろうか。

（モ、モブ男さん……っ！）

金色（こんじき）の瞳に、涙が浮かぶ。

（泣いちゃダメです。プレゼントを受け取って、笑って見送らなくちゃ）

目元をぬぐい、段ボール箱をあける。

中にあったのは……

『豊胸（ほうきょう）マッサージ器』

「さあフラグちゃん。笑顔を見せてくれ……あれ？」

フラグちゃんが微妙な顔をしているうちに、モブ男は死んだ。

帰宅

フラグちゃんはモブ男の屋敷を後にし、三人で住む家に戻ってきた。

庭では、生存フラグが右手の親指一本を地面につけ、その状態で腕立て伏せをしていた。

さっきまでの出来事を、フラグちゃんが説明すると、

「キサマにしては珍しく、死亡フラグを回収できたな」

「はい……」

「モブ男が死んで悲しんでおるのか？　まあそのうち、わいてくるはずじゃ」

「コバエじゃないんですから」

フラグちゃんは弱々しく笑った。

生存フラグの言うとおり、再びこの都市に『別のモブ男』が現れ、違うフラグを立てるのだろう。

続いてフラグちゃんは――生存フラグに、あるものを差し出す。

「これ、受け取ってください」

「……？　なっ！」

　フラグちゃんの手には、大量の折り紙があった。

「モブ男さんの能力で、買って貰ったんです」

　生存フラグは、あっけにとられた。彼女も一度はモブ男に頼もうとしたが、恥ずかしくてやめていたのだ。

「キ、キサマの好きな、菓子を買えばよかったであろうに」

「そうも思いましたけど……生存フラグさん、折り紙なくて辛そうでしたから」

　生存フラグは、唇をかみしめる。

（わしのため我慢してくれたのか。やはり優しい奴。わしも、いつかコイツのようになれるじゃろうか）

　生存フラグは『優しくなる』ことが目標だった。

「あ……あり……」

　ありがとう、と言いかけたが、どうしても言葉にならず。

　折り紙を手に取り、フラグちゃんに背中をむけた。そして一分ほど作業をしたあと。

「ほれ」

　ぶっきらぼうに、完成した折り紙を差し出す。

　フラグちゃんは目を輝かせた。

「わあ、モブ男(お)さんです」

モブ男をデフォルメした、見事な作品であった。白と青の折り紙を組み合わせ、彼の服装を再現している。

「少しは気が紛(まぎ)れるじゃろ」

「ありがとうございます！」

フラグちゃんはモブ男の折り紙を掲(かか)げ、くるくる回る。Ｔシャツの裾(すそ)がふわっと舞った。

「やはり生存フラグさんは優しいですね」

「ふん」

そっぽを向く生存フラグ。表情はわからないが、その耳は赤くなっていた。


それからフラグちゃんは、玄関から屋敷の中へ。

キッチンで調理をしていた恋愛フラグと軽く会話したあと、自室に入る。

ドアと窓の鍵をかけ、全てのカーテンを閉め、深呼吸。

（ふう……）

床に正座し、段ボール箱をあける。

そこには――『豊胸(ほうきょう)マッサージ器』が入っていた。

「私には必要ありませんけど、これはモブ男さんの遺品だから、つけてあげるだけなんで

すからね！」

自分でも、誰に言い訳しているのかわからない。

『豊胸（ほうきょう）マッサージ器』は、ブラジャーのようなパッドを胸につけ、それをリモコンで動かし、胸部を刺激するもののようだ。

フラグちゃんはTシャツの上から、パッドをつける。

「こ、これで私の胸もメロンみたいになるんですね。そうすればモブ男（お）さんもきっと……スイッチオン！」

だが。

いくらリモコンを押しても、微動（びどう）だにしない。

説明書を読んでみると……

動作に必要なもの　単一形（たんいちがた）乾電池二本（※別売り）

フラグちゃんは説明書をたたきつけた。

⚑『X（エックス）』

深夜。

パジャマ姿の恋愛フラグはベッドにうつぶせになり、ご機嫌に足をパタパタさせていた。

目の前にはノートパソコン型の天界アイテム『ハッキングデキール』。この画面を通して、モブ男が成り上がり、破滅するさまを堪能させてもらった。

（あはは♪　『ネットショップで買い物ができる』っていう凄い能力を与えたのに……）

使いようによっては、この仮想世界で大成功し、楽な生活を送ることもできたはずだ。

（モブ男くんはやっぱり最高のオモチャ。次はどうしようかな〜……って、そういえば）

恋愛フラグの動きが止まった。

ふと、気になることがあったのだ。

（この『ハッキングデキール』。ボクに送ってきたの、誰なんだろ？）


それはまだ、恋愛フラグが天界で生活していた時のこと。

天使たちが住む『天使寮』。そこにある恋愛フラグの部屋の前に『ハッキングデキール』が置かれていたのだ。

——つまり。

フラグちゃんたちを仮想世界に閉じこめた犯人は、恋愛フラグだが。

その背後には、恋愛フラグすら知らない『黒幕』がいる。

（『黒幕』は誰？　その目的は、いったい何なのかなぁ？）

神様が言ったとおり、天界に恨みを持っているのだろうか。だから恋愛フラグに『ハッキングデキール』を渡し、天界を混乱させようとしているのか。

（『黒幕』が誰だか知らないけど……あえて踊らされてあげよっと♪）

楽しければ、それでいいのだ。

再び足をパタパタ動かし、『ハッキングデキール』を操作し、この仮想世界の設定をいじる。次のモブ男には、どんなフラグを立たせようか。

三話　異世界屋台を営業したらどうなるのか？（五階層攻略）

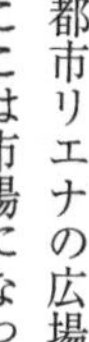

都市リエナの広場。

ここは市場になっていて、肉の串焼きや、果実を絞ったジュースなどを売る沢山の屋台が並んでいた。多くの人々が訪れ、活況(かっきょう)を呈(てい)している。

その片隅で、Ｔシャツにジャージ姿の男が決意を燃やしていた。

（俺の名はモブ男。こないだ、日本から異世界転移してきた）

せっかく異世界に来たんだから、成功したい。でもダンジョンでの冒険なんて危険だらけだろう。

ならば……

「よーし！　飲食店を開業して、大金持ちになるぞ！」

「立ちました！」

『死亡』と書かれた小旗を振り、フラグちゃんが現れた。隣には生存フラグもいる。

「飲食店は、開店から三年以内に廃業するのが、80%と言われているんですよ」

「それ現代日本のデータでしょ。どうせ異世界の奴らなんて、舌が肥えてないから、適当に食いもん出せばうまいうまいと言うよ」

「客へのリスペクトが微塵もない！」

フラグちゃんは、ピコピコハンマーで軽くたたいた。

モブ男は頭をさすりつつ、

「でも異世界ものでよくあるじゃん。日本の定番の食べ物を出すと、大人気になるやつ」

「まあありますけど……」

そういう話は、数え切れないほどだ。

「店舗を構えるほどの資金はないから、屋台にしようと。ほら、借金してこれ作ったんだ」

モブ男は自慢げに、己の屋台を指さした。

『タコ焼き』と書かれた大きな看板に、タコ焼き用の鉄板。ドワーフの鍛冶屋に作って貰ったらしい。

「タコ焼き屋さんですか」

「粉もんは、低コストだからね。沢山稼ぐぞ」

二人の会話に興味がないのか、生存フラグは道端の野良猫に目を奪われていた。

モブ男はたずねる。

「ところで生存フラグさんはなんで市場に？」

「たまたまじゃ。これからダンジョンに潜るため、そこで食べる軽食を買いにな」

なるほど、生存フラグは小袋を抱えている。サンドイッチか何かが入っているのだろう。

「今日は五階層の制覇に挑んでみるつもりじゃ」

生存フラグはダンジョン内部を、アンデッドがいないか確認しながらおそるおそる進んでいるらしい。そのため攻略のペースは、あまり上がっていなかった。

モブ男は生存フラグを見送ったあと、

「よし、これからタコ焼きの材料を買うか」

「今からですか」

そしてフラグちゃんと共に、食料品の店へ向かう。

じゃがいもやタマネギなど見覚えのある野菜や、生花、果物など色々置いてある。肉や魚は氷魔法によって、鮮度が保たれているようだ。

お目当てのタコは、なぜか魚屋の隅に打ち捨てるように置かれていた。値段も非常に安い。

これ幸いと、モブ男はタコを大量に購入した。

「よし、小麦粉も買ったし、これで生地はＯＫ」

「タコ焼きは、小麦粉を出汁で溶かないと」

「どうせ客は日本人じゃないし、わからないよ……ところで、タコ焼きに不可欠な、ソースが売ってないな」

「ウスターソースは、十九世紀にできたものです。中世ヨーロッパっぽい、この世界になくて当然ですよ」

「仕方ない。味付けは塩でいいや」

「……」

モブ男は屋台へ戻って、慣れない手つきでタコ焼きを作り始めた。

できたものをフラグちゃんが味見したところ……

無味無臭のタコ焼きに塩がかかっているだけの、ひどく味気ないものだ。焼きすぎで、歯ごたえも悪い。

「たとえるなら……妥協に妥協を重ねた、モブ男さんの人生のようなタコ焼きですね」

「何気にひどくない？」

モブ男はタコ焼きを売るべく、両手をメガホンの形にして声を張り上げる。

「らっしゃいらっしゃい、タコ焼きだよ～表面はカリッと、中もカリッとしたタコ焼きだよ～」

「焦げてるだけじゃないですか」

突っ込むフラグちゃん。

だが物珍しさからか、人が集まってくる。

「なんだいそれは」

「俺の故郷の食べ物で、タコを小麦粉の生地で包んで焼いたものさ」

「タコ!?　だれが食うかそんなもん！」「そうだそうだ」

客達は口々に文句をいい、去っていった。

呆然とするモブ男に、フラグちゃんは言う。

「この世界のモデルであろうヨーロッパでは、タコはほとんど食べられてこなかったんですよ」

だから魚屋で、打ち捨てられていたのだろう。

「売れないのも、無理ないかもしれませんね」

「そんなー！」

それから、屋台には客が一人もやってこなかった。

このままだとモブ男には借金だけが残り、破滅する。

（死亡フラグは、回収できそうですけど……）

さすがに可哀想になってくる。フラグちゃんも健気に、呼び込みをはじめた。

「タコ焼きいかがですかー！　借金までして失敗屋台を作った哀れな男に、愛の手をー！」

募金のような呼び込みである。

だが、それからもタコ焼きは一度も売れず……

ダメ元でフラグちゃんが作ってみたが、できたのはダークマター。試食したモブ男が、意識朦朧となりながら、

「これは……ひどすぎる……」

「も、もしかしたら異世界の人の口には合うかも！　通行人に、試食させてきます」

「それ、ただの無差別テロだよ……」

そしてモブ男は気絶した。

「全く、何やっとるんじゃキサマらは」

生存フラグが、あきれ顔で現れた。

「あ、生存フラグさん。ダンジョンに潜ったのでは？」

「ちょっと問題が起きてな……む」

生存フラグはダークマターを見て、何か閃いたようだ。口元に手を当て、ぶつぶつ呟く。

「ダンジョン攻略をしつつ、モブ男の死亡フラグを消すためには……」

碧い瞳をフラグちゃんに向け、

「タコ焼きを作りまくれ。全て買おう」

「あ、ありがとうございます！」

それから。

フラグちゃんが作った山のようなタコ焼きを買い、生存フラグはダンジョンに戻っていった。

（生存フラグさん、私の作ったものをお弁当に……）

喜ぶフラグちゃんだが。

しばらく経って、都市に衝撃の知らせがかけめぐった。

「五階層が、生存フラグに攻略された」

「フロアボスの巨大なスライム『エンペラースライム』を倒したらしい」

（巨大なスライム？　そういうグニャグニャした敵に、生存フラグさんのキックやパンチは効きづらいような……）

どうやって倒したのか、不思議に思うフラグちゃん。

噂は続く。

「なんでも生存フラグは、強力な毒物をスライムの口にねじこんで倒したらしいぞ」

「その毒物は市場で売られてる『タコヤキ』というとか」

(……え？　生存フラグさん、私の料理でフロアボス倒したんですか⁉)

生存フラグは『エンペラースライム』に苦戦したため、いったんダンジョンから撤退したのだろう。

そしてダークマターを見て、閃いたのだ。

屋台に、冒険者たちが群がってきた。

「俺たちにもその毒アイテム売ってくれ」「魔物を殺すのに使うんだ」

フラグちゃんは首を横に、ふるふる振った。

「あのぅ、これは魔物を殺すための毒物じゃなくて」

「またまた」

客の一人が、フラグちゃんの胸元を指さし、

「そこに、でかでかと『死亡』って書いてあるじゃないか」

「この店のコンセプトを表したTシャツじゃないです！」

飲食店の従業員に、一番ふさわしくないTシャツかもしれない。

(でもある意味、これはチャンスです)

フラグちゃんがダークマターを作ると、次々に売れていく。これでモブ男の屋台は救われるかもしれない。

忙しく働いていると、突然……

群がっていた大量の客が、左右に二つに割れた。

生存フラグがやってきたのだ。歓声や羨望の眼差しなど全く気にせず、堂々と言い放つ。

「死亡フラグよ。モブ男の屋台を宣伝しておいてやったぞ。これで死亡フラグは回避できるじゃろう。わしの勝ちじゃな」

「さ、さすがです生存フラグさん」

ダンジョン攻略と、生存フラグを立てることを一石二鳥でやってしまった。さすがは優秀な天使だ。

「うーん」

そのときモブ男が気絶から目覚め——屋台の盛況ぶりに驚いた。

フラグちゃんは、いきさつを話す。

モブ男は笑って、彼女の小さな手を握り、

「ありがとうフラグちゃん」

「モ、モブ男さん……」

フラグちゃんは頬を染めた。

死亡フラグは回収できなかったが……どんな形であれ、好きな人の役に立てたことは嬉しい。

「君のゲロマズ料理が、俺の屋台を救ったんだ」

「言い方！」

フラグちゃんは『やっぱり、もっとマシな形で役立ちたかった』と思った。

▶夜

タコ焼きを完売させたフラグちゃんは、生存フラグとともに自宅の屋敷へ戻った。

恋愛フラグが作った夕食を食べおえ、皆で紅茶を楽しんでいると――

フラグちゃんのスマホが鳴った。

神様からのテレビ電話だ。

『やあみんな』

フラグちゃんは、笑顔で応じた。

「神様。私達(たち)を心配して、お電話をくださったのですか？」

『いや』

神様は首を横に振り、

『君たちが不在だと、話してくれる相手がほとんど天界にいなくてね……一日中、誰とも喋らない事もあるくらいで……』

独居老人のようなことを言う。

悲しいことに、神様はあまり人望がなかった。

生存フラグはあきれ顔で、

「寂しいからかけてきたのか……ところで、ハッキング犯について何かわかったのか？」

『それは、まだ……』

そう言いかけた神様が、とつぜん画面から押しのけられた。

映ったのは、若草色の髪の美女だ。

（№13さん……！）

フラグちゃんは、瞬時に緊張した。

以前、モブ男の『バグ』が発覚した際――

モブ男の消滅を主張する№13と、それに反対するフラグちゃんたちは議論を交わした。

あのときの№13の冷たい瞳は、まだ脳裏に焼き付いている。

ゆえに、フラグちゃんは腰が引けたが。

画面の中の№13は、不安にみちた表情で、

『仮想世界に閉じこめられて大丈夫ですか？　何か困っていることはありませんかっ？』

「は、はい。元気です」

『そうですか。安心しました』

胸元に手を当て、ほっと息を吐くNo.13。

ぽかんとするフラグちゃんに、取り繕うように咳払いして、

『そ、その、No.269。しっかりサボらず、フラグ回収の修行をするのですよ』

フラグちゃんは、No.13の新たな一面に触れた気がした。

モブ男の消滅を主張したのは、彼女なりの信念があったから。心根は優しい人なのだろう。

No.13は人差し指をたてて、

『とにかく『X』については神様に調査をまかせ、あなた方はフラグ回収の修行および、ダンジョンの攻略を進めてください』

「はい」

『『X』の正体がわかったら、私が落とし前をつけさせます』

――その言葉で。

恋愛フラグは顔が引きつったが、紅茶を飲むことで誤魔化す。

(うわぁ〜怖い。バレたら黒幕のせいってことにして、言い逃れしないと)

頭を回転させつつ、神様にも警戒を強める。

(神様なら、ハッキング犯の正体――つまりボクまで辿り着くかもしれないね。ITの知

識は、かなりのものだし)

恋愛フラグのゲームの相手はフラグちゃん、生存フラグ、モブ男だけではない。神様やNo.13もだ。

(う〜ん、ドキドキするなぁ♪)

何もかも思い通りになってはつまらない。ゲームはスリルがあってこそ燃えるのだ。

さて『次のモブ男』には、どんなフラグを立てさせようか。

四話　魔物を食べたらどうなるのか？

（俺の名はモブ男……ソロの冒険者だ。ダンジョンの四階層で迷い、食料を魔物に奪われ、飢え死にしかけている）

空腹で目がかすみ、よろけて倒れてしまった。

ガサガサという足音が聞こえてくる。

見れば……巨大なサソリ型魔物『大サソリ』が近づいてくるではないか。モブ男を食べるつもりだろう。

（やられてたまるか）

剣を杖（つえ）代わりに身を起こし『大サソリ』を一撃で倒す。甲殻（こうかく）部分は固いのだが、隙間をつけば簡単に討伐できる。

「ん？」

よく見れば……こいつ、食べられそうではないか？　姿は海老（えび）に見えなくもないし。

「これを食えば、飢えをしのげ……」

「立ちました！」

『死亡』の小旗を振りかざし、フラグちゃんが現れた。

「魔物を食べるなんて、死亡フラグですよ……って、もう料理してる！」

モブ男は火打ち石などで火をおこし、そこに『大サソリ』を放り込んでいた。

どす黒い身がジュウジュウと音を立て、下水のような悪臭を放っている。

全く食欲をそそられないが……空腹には勝てず、齧りつくモブ男。すぐに顔をしかめた。

「うえええぇぇぇ！　まっず！」

「だからやめた方が」

「でも食えないことはない。なんでだ……？」

モブ男は首をかしげた。

そして、納得したように、

「そうか！　フラグちゃんの作ったものを食べたことがあるから、クソマズ料理への耐性ができてるんだ！」

「どういう意味ですかー！」

本来モブ男は『前のモブ男』から記憶は受け継がない筈だが……

フラグちゃんに食べさせられたタコ焼きは途轍もなく強烈だったため、記憶に深く刻まれているのかもしれない。

怒ったフラグちゃんは鎌についたピコピコハンマーで、モブ男の頭を軽くたたいた。

「あれ？」

だが……手応えがおかしい。なにか固いものでも殴ったよう。

モブ男もノーダメージのようだ。

「ん？　これは……」

モブ男は己の頭をたたいてみる。それだけでなく腕や腹も。

なぜか、皮膚が硬くなっている。どことなく『大サソリ』の甲殻の感触と似ていた。

モブ男は、突拍子もない仮説を口にした。

「もしかして俺……食べた魔物の能力をコピーしたんじゃないか？」

「えええ!?」

「試してみよう」

モブ男は壁に張り付いていたスライムを見つけ、剣で倒した。しばらく躊躇したが、思い切って口に含んでみる。

（クソまずいけど、フラグちゃんの料理と比べれば美味しいや）

「すごい失礼なこと、考えてる気がします」

そしてスライムを食べ終えたモブ男は……

ゲル状の体になり、でろんと床に拡がった。

「うわ、気持ち悪い！」

「間違いない……俺は、食べた魔物の能力をコピーできるんだ！」

「すごいじゃないですか」

可能性は計り知れない。ドラゴンなどを食べれば、最強になることも可能だろう。

モブ男は人間の姿に戻ったあと、決意に満ちた様子で、

「よし……俺はこの能力を活用して、夢をかなえてみせる！」

「夢？」

「この都市の男なら、誰もが夢見ることさ」

この都市『リエナ』は、勇敢な冒険者が集う街。ならば。

（都市最強になること？　それともダンジョンを十階層まで踏破して、英雄になること？）

今のモブ男の瞳は、少年漫画の主人公のように真っ直ぐで……珍しく男らしい。フラグちゃんはドキドキした。

赤くなった顔を、モブ男が見つめてくる。

「フラグちゃん？」

「そ、そこまで強い能力を得たのなら、死亡フラグの出番はありませんね。失礼します」

フラグちゃんは顔を火照(ほて)らせながら、慌てて消える。

（よし、やるぞ――）

モブ男は『夢』をかなえるため、力強く歩き出した。

⚑

その日の夕方。

モブ男は都市の南に位置する、高級住宅街にいた。

彼は今、なんとフラグちゃんの姿をしていた。

（フラグちゃんって、ちっちゃいんだな。いつもより視点がずいぶん低いや）

モブ男はダンジョンで『マネール』という、生物に変化する魔物を食べ、変身能力を得た。

それによりフラグちゃんに化けたのである。

モブ男が、大きな屋敷の庭を覗(のぞ)き込(こ)むと……

「ふんっ！」

生存フラグが鍛錬していた。大木に正拳突きをし、落ちてきた無数の葉を全て蹴り落としている。

モブ男は、駆け足しながら手を振って、

「生存フラグさぁあ〜〜ん!!」

「む？　死亡フラグか。キサマ『菓子を買いに行く』と、さっき出て行ったばかりじゃが……」

無論それはモブ男も確認ずみ。本物と入れ替わるように、ここへ来たのだ。

平らな胸の前で両手を合わせ、

「ちょっと気が変わりまして——ところで、一緒に公衆浴場に行きませんか？」

これがモブ男の『夢』であった。

生存フラグと入浴し、たわわを拝む。この都市の男なら誰もが夢見るかもしれない。

しかも公衆浴場なら、モブ美やモテ美もいる可能性がある。まさに桃源郷である。

「風呂ならこの屋敷にもあるじゃろう」

（それも悪くないけど）

屋敷で一緒に入ると、帰ってきたフラグちゃんとバッタリ会う可能性がある。それは避けねばならない。

「私、公衆浴場へ行ってみたいんです」

「なぜそこまで――」

「お願いします！」

「土下座!?」

友人に土下座され、生存フラグが驚愕する。

根負けした様子で、

「はあ……わかった。仕方ない」

（よぉし！）

モブ男が顔を地面に向けたまま、ゲスな笑みを浮かべたとき。

「なんだか賑やかだね」

庭の花の手入れをしていたらしい、恋愛フラグが声をかけてきた。

「せーちゃん、またしーちゃんを怒ってるの？　いくらなんでも土下座させるって……」

「ち、違うわ！　こやつが勝手に」

慌てる生存フラグを横目に、モブ男は鼻の下を伸ばして、

「恋愛フラグさぁ～ん！　あなたも一緒に公衆浴場いきましょうよ！」

「え？　ボクはいいよ……家で楽しませてもらうから」

声の後半は、小さくてモブ男には聞こえなかった。

二人が公衆浴場に向かったあと。

恋愛フラグは手をかざし、『ハッキングデキール』を取り出す。

その画面には、フラグちゃんに変身したモブ男(お)と、生存フラグが映っている。

「ふふふ……モブ男くん、せーちゃんの裸を見るため、こんな事するなんて」

食べた魔物の能力をコピーする力は与えたが、この展開は予想外。本当に、楽しませてくれるオモチャだ。

「さて、これからどうなるかな？」

紅茶でも飲みながら、その様子を堪能(たんのう)しよう。

⚑

モブ男（※見た目はフラグちゃん）は、夕日に染まる街並みを歩いていた。

隣には生存フラグ。足を進めるたび、たわわが上下に揺れている。

（よーし）

モブ男は思い切って、生存フラグと腕を組んだ。

「お、おい、なぜくっつく？」

「いいじゃないですかぁ～。友達でしょう？　デュフフ」

有頂天(うちょうてん)なため、素(す)のキモさがちょっと出ている。

そのためか、生存フラグは少し乱暴に振り払った。

「わっ」

バランスを崩すモブ男に、生存フラグが人差し指を突きつけてくる。かなり不機嫌そうだ。

「キサマ、たるんでおるぞ。さっきの土下座といい、モブ男に悪影響を受けとらんか？」

「う、受けてませんよ！」

なぜなら、モブ男本人だからだ。

「この際だから言っておくが――」

それから生存フラグの、ガチ説教がはじまった。

『このままではいつまで経っても落ちこぼれ』『もっと危機感を持て』などなど……

黙って聞いていたモブ男だが。

「キサマ本当に『立派な死神になりたい』と思っておるのか？　だんだんそれも怪しく思えてきたわ」

この言葉は聞き流せなかった。

「生存フラグさん」

「な、なんじゃ」

まっすぐな瞳に、生存フラグが珍しく怯んだ。

「それだけは撤回してほしい。フラグちゃんはいつも一生懸命なんだから」

あたりに、沈黙がおとずれた。

「……『フラグちゃん』？　なぜ自分をそんな風に呼ぶ？」

（しまった！）

「どうも怪しいな」

顔を近づけ、じろじろ見てくる生存フラグ。

モブ男は金色の瞳を泳がせながら、

「なに言ってるんですか？　私は死亡フラグですよ！　あ～、スイーツ食べ放題行きたい。巨乳になりたいな～」

浅すぎるモノマネに、生存フラグは更に疑念を深めたようだ。

限界を悟ったモブ男は、道端を指さし、

「あっ、子猫がいます！」

「なに？」

猫好きの生存フラグは、条件反射的にそちらを向く。

その隙にモブ男は変身した。

「子猫など、どこにもおらぬではないか……って、キサマいつのまに？」

「やっほ～！　せーちゃん」

モブ男は両手を振った。その姿は、恋愛フラグである。

生存フラグは動揺しながら周囲を見回し、

「し、死亡フラグはどこへ行った？」

「なんか『気が変わった』って。で、代わりにボクがきたの」

「交代が早過ぎぎんか……？」

あっけにとられている生存フラグ。

その白い手をとり、モブ男は歩き出した。

「さぁ、公衆浴場いこうよ！」

彼はなんと、いまだに『生存フラグと風呂に入る』という夢を捨てていなかった。

⚑

「ぶふぉっ⁉」

紅茶を飲んでいた恋愛フラグは、盛大にむせた。

屋敷のリビングで『ハッキングデキール』を使い、モブ男の奮闘を堪能していたのだが……

（モブ男くん、ボクに変身しちゃった！　それにまだ、公衆浴場を諦めてないの⁉）

悪い意味で不屈の男だ。

（こ、このままじゃ……）

胸元を見下ろす。

一見、巨乳のようだが、実は色々細工して膨らませているだけなのだ。実質はフラグちゃんより少し大きい程度。

恋愛フラグにとって、数少ないコンプレックスであった。

（モブ男くんの変身能力は、肉体とは別に、服などもコピーしているみたい）

今のモブ男が公衆浴場に行った際、ブラウスなどを脱いだら……

胸の細工が、白日のもとにさらされるかも。普段、天界で大浴場に入るときは、うまく誤魔化しているのだが。

「わぁあ！　大変大変！」

恋愛フラグは外へ飛び出し、全速力で駆けた。

この仮想世界へ来てから、初めて彼女は焦っていた。

⚑

モブ男（※見た目は恋愛フラグ）は、生存フラグの手を引きながら歩いていた。

（あれ？）

どうも生存フラグの元気がない。足取りが重いし、盛んに溜息をついている。

「生存フラ……せーちゃん、どうしたの」

「なんでもないわ」

口ではそう言いつつも、親とはぐれた迷子のように周囲を見ている。これはまさか。

「しーちゃんを捜してる？」

生存フラグは図星をつかれたらしく、唇を引き結ぶ。

モブ男は続ける。

「『さっきは言い過ぎた』って、反省してるとか？」

「ば、馬鹿をいうな！」

そう反論したものの、生存フラグは口ごもりながら、

「ただ、ヤツは……わしに何も言わず、どこかへ行ってしまった。それが少し気がかりでな」

『嫌われたのではないか』と、気にしているようだ。いつも強気だが、内面はデリケートなところがある。

「大丈夫だよ、せーちゃん」

「ん？」

「しーちゃんは、絶対に気にしてないよ」

「ほ、本当か？」

そりゃ本人は聞いていないのだから、気にするはずもない。

モブ男は、ニチャアアアと笑って、

「だから、ね？　公衆浴場いこ？」

そのとき……

脇道から、恋愛フラグが現れた。全力で走ってきたのか、激しく息を荒げている。かなり珍しい光景だ。

「せ、せーちゃん。ボクもやっぱり公衆浴場行きたくて……」

「な、恋愛フラグが……二人!?」

生存フラグは碧(あお)い目を見ひらき、二人を交互に見る。

モブ男はダラダラ汗を流した。このままでは自分がニセモノとバレるだろう。

必死で頭を回転させ、誤魔化(ごまか)すための方便(ほうべん)を口走る。

「あ、あれは……ドッペルゲンガー！」

ドッペルゲンガーとは、自分とそっくりな人間のこと。『会うと死ぬ』という都市伝説がある。

「立ちました！　立ちました！　ドッペルゲンガーに遭遇(そうぐう)するのは死亡フラグです！」

「いやキサマ、恋愛フラグではないのか？」

「しまった！」

モブ男は突然の事態に、頭がごっちゃになっていた。

激しく動揺したためか……

変身も解けて、元の姿に戻ってしまう。

「モ……モブ男っ⁉」

呆然と立ちつくす生存フラグ。

一方、恋愛フラグは心から安心したように、胸元をおさえている。

モブ男は道端に正座し、全てを白状した。

食べた魔物の能力を得られること。『マネール』という魔物を食べて、変身能力を獲得したことを。

生存フラグは、怒りに声をふるわせながら、

「キサマ……なんて不埒な」

「ひぃぃいごめんなさぁい！」

ぶちのめされることを、覚悟するモブ男だが。

こつんと、軽くチョップされただけだった。

「……え？」

生存フラグは赤くなって、そっぽを向く。

「さきほどキサマは死亡フラグのために反論したからな。それに免じて、許してやる」

「あ、ありがとう！」

モブ男は立ち上がり、駆け去っていった。

恋愛フラグが肩をすくめて、

「よくわかんないけど、色々あったみたいだね。じゃあボクと公衆浴場いこうよ」

「うむ……死亡フラグも誘っていくか」

生存フラグは平静を装っているが、内心大いにほっとしていた。

（よ、よかった。死亡フラグに酷いことを言ったわけでは、なかったのじゃな）

⚑

一方、生存フラグたちと別れたモブ男。

狭い路地に入り、奥歯をかみしめる。

（俺は、なんて馬鹿なことを……『一緒に風呂に入る』なんて）

壁を拳でたたいて、深く後悔。

そして。

――今度は、生存フラグに変身した。

鼻の下を伸ばして、胸の包帯に手をかける。

「俺は馬鹿だ。『一緒に風呂』なんて回りくどいことをせず、最初からこうすれば、たわわが見れたじゃないか。デュフフ」

「そんな事だろうと思ったわ」

物陰から生存フラグが現れた。

怒りで瞳孔が開いている。あまりの殺気ゆえか、背中の翼が威嚇するように逆立っていた。

「天誅！」

生存フラグのハイキックが飛んでくる。

だがモブ男には策があった。

（俺には『大サソリ』の能力もあるんだ。皮膚を甲殻のように固くすれば、大丈夫！）

――だが、彼は忘れていた。

生存フラグは、この都市最強の冒険者であることを。

『大サソリ』など彼女にとってザコモンスターにすぎない。それによる硬化能力など軽々とぶちやぶり……

「ぶべえええええぇぇぇええ!?」

蹴りで大ダメージを受け、吹っ飛ばされるモブ男。

（せめて、スライムの能力を使って柔らかくなり、受け流せばよかった……）

そう後悔するのだった。

蹴り飛ばされたモブ男を見て、恋愛フラグは思った。

（はぁ、今回はドキドキした……）

だが予期せぬトラブルに対処するのも、ゲームの楽しみだ。

モブ男の悪あがきも楽しめたし。フラグちゃんの姿で土下座したり、生存フラグの注意を『あっ、子猫だ』と言って、そらしたり。

（……そういえば、せーちゃんって猫好きだったんだよね）

ならば、あの天界アイテムを使えば、きっと面白い事になるだろう。

五話　獣人になったらどうなるのか？（六階層攻略）

早朝。フラグちゃん達、三人が住む屋敷。

「ふぁ」

生存フラグは、あくびしながら自室のベッドで身を起こした。もこもこした、可愛らしいパジャマを着ている。

こんなパジャマ、当然この都市には売っていない。

だが恋愛フラグの天界アイテム『フクカエール』で用意してもらったのだ。デジカメの形をした、一瞬で好きな衣装に着替えられる道具である。

生存フラグが目をこすり、身だしなみを整えようと鏡の前に立った時……

頭の上に妙なものを見つけ、一瞬で目が覚めた。

「……ん⁉」

ネコミミである。

「な、なんじゃこれは？」

なんとお尻には、尻尾まで生えている。

その時、ドアがノックされた。

「生存フラグさん、おはようございます。朝ご飯ですよ～」

フラグちゃんだ。うろたえながら返事する。

「す、すぐに行くのにゃ！」

「にゃ？」

（く、口調まで変わるのか？）

生存フラグが口を両手で押さえ、頬を染めていると、

「あはは、寝ぼけてるんですね～」

なんとか勘違いしてくれたようである。

こんな姿、誰にも見られるわけにはいかない。

▶誤魔化す

生存フラグはパジャマを脱いで包帯を身にまとった後、偽装工作をしてから部屋を出た。

「おはようございます生存フラグさ……あれ？」

フラグちゃんは生存フラグの頭を見て、首をかしげた。

「なぜ包帯を、ターバンみたいに巻いてるんです？」

「さ、最近インドが、マイブームでな」

ネコミミを隠すために、包帯を巻いてみたのだ。さすがに言い訳として苦しいだろうか。

「なるほど……生存フラグさんがいつも着けてる金環とか、ちょっとインドっぽいですもんね」

（まさかの納得！）

ちなみに尻尾は、背中の大きな翼でなんとか隠している。

リビングに行くと、恋愛フラグが笑顔を向けてきた。ハート型のエプロンをつけている。

「おっはよ～。しーちゃん、せーちゃん。ごはんできてるよ～」

テーブルに載っているのは……魚介類のピラフに、スープ。

（うっ）

普段なら何の問題もないメニューだが、ピラフにはイカが、スープにはタマネギが入っている。猫が食べてはいけない食物だ。実際に体が、拒否反応を示している。

それぞれの椅子に座り『いただきます』を言う。

「ん～美味しいです」

フラグちゃんはニコニコ食べているが、生存フラグは全くスプーンが動かない。

恋愛フラグが悲しげに、

「せーちゃん食べないの？　ボク早起きして一生懸命作ったんだけどな」

「う……」

生存フラグは言葉に詰まり、立ち上がった。

「す、すまぬが食欲がなくてな。二人で食べてくれ」

万一にも尻尾が見られないよう、壁に背を向けてカニ歩き。そのまま玄関から出て行く。

フラグちゃんは心配そうに、

「生存フラグさん、どうしたんでしょう」

「さあ♪」

恋愛フラグは、イタズラっぽく笑った。


生存フラグは屋敷を出て、高級住宅街を力なく歩く。

「はあ、腹が減ったのじゃ。市場にでも行って、屋台で何か食べるものを……」

そのとき『虫の知らせ』のようなものが走った。

「む、これは、モブ男の生存フラグが立っておる！」

天使の使命として行かねばならない。たとえネコ化していても。

憂鬱のあまり、生存フラグの尻尾がダランと垂れた。

⚑ビーストテイマーになったらどうなるのか？

（俺の名はモブ男(お)。新人冒険者だ。冒険者が選ぶ職業には、戦士、盗賊(シーフ)など、色々あるけど……）

自宅の安アパートで、高らかに叫ぶ。

「俺は魔獣を使役(しえき)する職業——ビーストテイマーを選択した！　頑張るぞ！」

「立ったぞ？」

白い翼をはためかせ、生存フラグが現れた。なぜか頭に包帯を、ターバンのように巻いている。

イメチェンだろうか、と思うモブ男に、

「魔物を使役する職業は、強くなることが多い。生存フラグじゃ」

「やっぱり！」

モブ男は鼻の下を伸ばして、

「よ〜し、強い魔物、そしてケモミミ巨乳美女を従魔にして、使役するぞ〜」

「……」

ケモミミ巨乳美女は、ゾッとした。

（魔物だけでなく、獣人的なやつも使役できるのか？　今のわしのような……）

尻尾を見られないよう、後ずさりする。そして恐る恐る聞いてみた。

「じゅ、従魔ってなんじゃ？」

「俺のしもべにできるんだ」

（しもべ!?）

血の気が引いた。この、畜生クズ人間のしもべ。考えるだけで恐ろしい。

（そ、それだけは避けねば）

対処法を考えるため、情報を引き出した方がいいだろう。

「ちなみにキサマが、何をすると従魔にできるんじゃ？」

「俺が与えたものを、食べさせればいいんだ」

生存フラグは豊かな胸をなで下ろした。

（ほっ。ならば安心じゃ。こやつから貰ったものを食べなければいいだけの話じゃ）

モブ男は張り切った様子で、

「まずはダンジョン一階層に出現する『リトルパンサー』あたりを従魔にしようかな」

「ほう」

「『リトルパンサー』は、猫っぽい魔物なんだよ。餌として、これを市場で買ってきた」

モブ男が、テーブルの上の包みをあけると……

肉の塊が現れた。

（な、生肉……！）

生存フラグの細い喉が、ごくりと鳴った。獣人になって、味覚も変わったらしい。しかも今朝はまだ何も食べていない。

おまけにモブ男は。

小さな皮袋から白い粉を取り出し、それを肉にかけた。

「さらに、このマタタビをプラスして釣ろうかと――」

「――！」

瞬間、生存フラグの理性がとんだ。

肉に飛びつき、かぶりついてしまったのだ。

（しまった――!!）

後悔しても、もう遅い。

そのとき、澄んだ声が聞こえた。ＲＰＧで言う『天の声』のようなものだろう。

猫の獣人　生存フラグが　従魔となりました

「猫の獣人!?」

驚くモブ男。

生存フラグは諦めたように、頭の包帯をはずす。ネコミミが露わになった。ついでに尻尾も見せる。

顔を赤くして、拗ねたように唇をとがらせる。

「わ、笑うなら笑うがいい」

「なんで？　笑わないよ。すっごく似合ってるし、可愛いし」

「……」

生存フラグの胸に、温かいものがひろがった。

だがひねくれ者なので、素直には喜べない。そっぽを向いて、

「ふ、ふん。キサマに褒められても、嬉しくも何ともないわ」

「口ではそう言ってても」

モブ男はイヤらしく笑い、生存フラグのお尻を指さす。

「尻尾がピンと立ってるから、嬉しいのが見え見えだよ」

「なに!?」

生存フラグは体をひねって尻尾を見てみた。確かにモブ男の言う通りになっている。

「猫は嬉しいとき、尻尾が立つんだ。俺はビーストテイマーになって、様々な動物や魔物の知識を手に入れたのさ」

「キ、キサマ、調子に乗るニャ……あっ」

生存フラグは慌てて口を押さえた。油断すると、口調も猫みたいになってしまうようだ。

「今のはちょっと笑うね」

「キサマ！」

生存フラグが、パンチの構えをとったとき。

「ほーら、猫じゃらし」

「にゃ――――！」

モブ男が振る猫じゃらしを、生存フラグは両手で猫パンチした。胸が左右にぶるぶる揺れ、尻尾はこれ以上ないほど立っている。

にゃあにゃあ言いながら、三十秒ほどそうしていたが……ハッと我に返る。

そして真っ赤になり、あとずさりしながら、

「そ、それで」

「うん？」

「キサマは、しもべにしたワシに、言語に絶するほど卑猥なことをするつもりじゃな」

「めちゃくちゃ信用がない……」

今までの行動を考えれば無理もない。

（でも）

モブ男は改めて生存フラグを見つめた。

この絶世の美女が……モブ男のビーストテイマーとしての知識を総動員すれば、あらゆるドスケベ行為が可能になるのだ。

「ううう」

生存フラグは涙目で、ベッドの下に潜ってしまう。怯える子猫のようである。

（……うーん）

さすがに罪悪感がわいてくる。

モブ男は小悪党ではあるが、彼なりに越えてはならない一線というものがあった。

ベッドの下をのぞきこんで、

「ひ、卑猥な事なんてしないよ！　出ておいでー！」

「嘘つけ！　ふしゃー！」

威嚇してくる生存フラグ。

「ならば従魔にしたわしを、どうするつもりじゃ」

モブ男は三十秒ほど考えたあと、

「そうだ！　一緒にダンジョンに潜ってくれないかな」

「なに？」

「最強の冒険者である生存フラグさんとなら、まだ攻略されていない六階層のフロアボスも倒せるかも知れない」

欲望に満ちた目で、

「そうすればモブ美やモテ美ちゃんも、俺に振り向くかも」

（ふむ……ゲスではあるが、想定よりはだいぶマシじゃな）

協力してもいいかもしれない。ダンジョンの攻略は彼女も望むところだし……なによりモブ男の生存フラグを回収することにもつながる。

「わかった。協力してやる」

生存フラグは、ベッドの下から這い出た。

そして立ち上がり……

モブ男と、鼻と鼻を合わせた。

「!?　な、なな」

自分の行動に驚き、真っ赤になる。

モブ男も狼狽しながら、

「は、鼻と鼻を合わせるのは、猫の挨拶だね」

「いっそ殺してくれ……」

生存フラグはふたたび、ベッドの下に潜ってしまった。

▶ダンジョンへ

その後。

モブ男はなんとか立ち直った生存フラグと、都市リエナ中央のダンジョンへ潜った。

無論、魔物が次々と襲いかかってくるが――

「生存フラグ、必殺キックだ！」

「わしはポ〇モンか」

文句をいいつつも、生存フラグは圧倒的な強さで蹴散らしていく。

しばらく戦闘を繰り返し、六階層の奥へたどりついた時……

再び『天の声』がした。

モブ男の　ビーストテイマーとしての　熟練度が上がりました
新たなスキル　『なでる』と『ハグ』を覚えました

（なでる？　ハグ？　嫌な予感がする……）

生存フラグの予感は的中した。

それぞれのスキルの効果は、以下の通りです
なでる……従魔(じゅうま)の頭を撫(な)でると、その気持ちよさが百倍になる
ハグ……従魔をハグすると、従魔の戦闘力が十倍になる

「ふーん、こうかな？」

モブ男(お)が生存フラグの頭に手を乗せ、撫でてきた。

「～～～～!!」

足が震えて立っていられず、ぺたんと女の子座りになる。

（にゃ、にゃんじゃこれは）

全身が幸福感で満たされる。尻尾(しっぽ)はこれ以上無いほど、そそり立つ。

生存フラグは顔を紅潮させ、息を荒げた。そのたびに豊かな胸が揺れ、とてつもなく色っぽい。

（なんという醜態(しゅうたい)じゃ。こんなところ絶対、死亡フラグや恋愛フラグには見せられん）

その時、モブ男がご機嫌で言った。

「ここまで順調にきてるし、スキルも得たし、六階層のフロアボスは倒したも同然だね」

（馬鹿が。『倒したも同然』は死亡フラグじゃ！）

生存フラグが危惧（きぐ）した通り……

フラグちゃんが『死亡』の小旗を振りかざして現れた。

「立ちニャした！」

「なぜキサマも猫化しとるんじゃ!!」

生存フラグはつっこんだ。フラグちゃんにもネコミミと、尻尾が生えている。

フラグちゃんが猫のように、手の甲で顔を撫でながら、

「恋愛フラグさんが間違えて、私の朝食に『ネコナルンZ』という猫化の薬を混ぜちゃったみたいで……ちなみに昨夜の食事でも、間違えて生存フラグさんのに入れちゃったみたいです」

「それを間違いと思えるキサマに、わしは感心するわ」

どう考えても故意である。

だが一刻も早く、この友人に忠告（ちゅうこく）せねばならない。

「いいか死亡フラグ。今モブ男はビーストテイマーという職についておる。コイツから食べ物を貰ったら従魔に……」

「あ、マタタビの匂いにゃ」

「話を聞け!!」

だがマタタビの誘惑には勝てないらしい。

モブ男の手には、先ほど肉にふりかけたときの粉がついていたようだ。フラグちゃんはぺろぺろ舐め始めた。

天の声が聞こえる。

猫の獣人　死亡フラグが　従魔となりました

これでモブ男は、天使と死神を従えたことになる。

「はははは、フラグちゃんも強いし、これはもうフロア攻略したも同然」

そんな風に、再び死亡フラグを立てたとき。

地面が大きく揺れ……続いて近くの壁が崩れ、そこから体高五メートルほどもある、人型機械が現れた。

デスマシーン。

この六階層のフロアボスである。

「仕方ない、やるか」

生存フラグは高々とジャンプし、デスマシーンの頭部に全力のパンチを叩き込む。

「む⁉」

恐ろしいほど硬い手応え。

なんと……全く効いていないようだ。デスマシーンが放つパンチやビーム砲を、空を飛んでかわしながら、

（どうする？　モブ男に『ハグ』されて力を十倍に……いや、そんなことするくらいなら、溶鉱炉に飛び込んだ方がマシじゃ）

それならば。

生存フラグはフラグちゃんへ叫んだ。

「おい死亡フラグ、モブ男に抱かれろ！」

「は、はぁ⁉　何を仰るんですか生存フラグさん！」

エッチな意味に勘違いしたか、真っ赤になるフラグちゃん。

生存フラグは、攻撃を回避しつつ説明する。モブ男には『ハグ』というスキルがあり、従魔……つまりフラグちゃんを抱きしめれば、力を十倍にできると。

フラグちゃんの力が十倍になれば、デスマシーンを破壊することができるだろう。

「わ、わかりました。では……」

フラグちゃんはモブ男に近づき、向き合った。

「言っときますけど、私は嫌なんですからね！　倒すため、止むをえずですからね！」

「うん、わかってるよ」

「わかってないです……」

フラグちゃんは寂しそうに呟いたあと、モブ男の胸元に飛び込み……

ぎゅっとハグされた。

「――！」

フラグちゃんの体が光り輝く。力が十倍に強化されたのだろう。

……それだけで、やめておけばよかったのだが。

「よーし、がんばれフラグちゃん！」

モブ男が黒髪を、わしわしと『なでる』。

スキルによりその気持ちよさは百倍。好きな人に抱きしめられたフラグちゃんには、刺激が強すぎる追い打ち。

「うにゃあ……」

モブ男の腕の中で、目を回して気絶してしまった。とても幸せそうな顔だ。

「おぉおおい!?」

生存フラグは愕然とした。『ハグ』の意味がまったくない。

さらに悪いことに。

デスマシーンがモブ男たちへ、ビームの砲口を向けた。

モブ男がフラグちゃんをかばうように、さらに強く抱きしめる。

「ちっ！」

生存フラグは高速で飛び、モブ男とフラグちゃんを突き飛ばした。すぐに背後をビーム砲が奔り、壁に大穴をあける。

いてて、と起き上がったモブ男。生存フラグはその側に降り立ち……

十秒程ためらってから、この世の終わりのような顔で、

「……モ、モブ男……わしを『ハグ』しろ」

「え、いいの？」

「イヤに決まっとろうが」

現に、全身に鳥肌が立っている。

「だが死亡フラグをかばった事に免じて、一度だけ許してやる」

「わーい！」

そして生存フラグは……

モブ男に、ハグされた。嫌は嫌だが、思っていたほど最悪の気分にはならなかった。

（猫化しているためじゃろう。そうに決まっている）

　そう、自分に言い聞かせた瞬間。

「――！」

『ハグ』の効果だろう。生存フラグの体が輝き、全身に力がみなぎる。

　そして、敵への怒りも。

「キサマのせいで、人生の汚点ができたわ!!」

　デスマシーンへ飛びかかり、その脳天へカカト落とし。

　さっきは全く歯が立たなかったボディが、豆腐のように砕けていく。追い打ちの回し蹴りで、完膚（かんぷ）なきまでに破壊した。

（ふん）

　少しはスッキリした。これで六階層攻略である。

（十階層まではまだ少しあるが――『X（エックス）』、首を洗って待っておれよ）

　そう、思いを馳（は）せたとき……

「よーしよーし、よくやった！」

「だ、だから撫（な）でるにゃ……ふみゃあ……」

　生存フラグは膝からくずおれ、全身をかけめぐる快楽に耐えた。

⚑『X』

恋愛フラグは屋敷の自室で、余韻に浸っていた。

『ハッキングデキール』の画面を通して、生存フラグたちの奮闘を堪能させてもらった。

（あはは、楽しかった〜）

先ほどから外が騒がしいのは、六階層攻略の報が都市中をかけめぐっているからだろう。まるでお祭り騒ぎ。生存フラグの勇名は、ますます上がるはず。

（さて、次の七階層はどうしよっかな——そうだ♪）

このあたりで趣向をガラッと変えて、モブ男に『全く逆の役割』を与えるのもいいかもしれない。

（でもその前に、問題があるんだよね……）

さすがに今回、獣人にした犯人が自分だとバレている。

フラグちゃん、生存フラグにこっぴどく怒られるだろうが、覚悟の上だ。それくらい我慢しないと、イタズラなんてできない。

（なんだかんだで二人とも優しいから、そんな酷い目には遭わないよね）

恋愛フラグは楽観視していた。

そのとき。

玄関が開く音がした。二人が帰ってきたのだろう。

「おっかえり～」

部屋から出て笑顔で出迎えると、生存フラグがフラグちゃんをおぶっていた。なぜか、大きな麻袋（あさぶくろ）を持っている。

「いま帰った」

生存フラグだけが、猫化がとけている。『ネコナルンZ』を飲んだ時間差のためだろう。

恋愛フラグは、白々（しらじら）しく両手を合わせる。

「ごっめ～ん。ボク、二人の食事に薬を間違えて入れちゃって……」

「怒っておらん」

（あれ？）

「なぜなら、今からわしも間違えるからな。おっと手が滑った」

生存フラグが、麻袋の中身を――

恋愛フラグの頭からぶちまけ、粉まみれにされた。独特のクセがある匂い。これはまさか……

（マタタビ？）

「うにゃー！　ふしゅー！」

フラグちゃんの声がした。いま起きたらしく、猫のような瞳をぎらぎらさせている。激しい興奮状態だ。

「死亡フラグのヤツ、モブ男にハグされ、撫でられた刺激で完全に猫化したようでのう」

「そ、それって、まさか」

フラグちゃんが飛びかかってきた。床に押し倒され、顔、首、脇、足……余すことなく舐められる。あまりのくすぐったさに、呼吸ができない。

くすぐりは、かつて拷問に使われていたというが、その意味がよくわかる。

「ちょ、あはは、こ、これはっ、せーちゃん助けてっ」

生存フラグは椅子を持ってきて、長い脚を組んで座った。

拷問官を思わせる笑みで、こちらを見下ろしてくる。

「マタタビの麻袋は、まだ庭に五つあるからな。後でいくらでも追いマタタビしてやる」

（えええ！）

目の前が真っ暗になった。

「さあ死亡フラグよ。存分に舐めるがいい」

「うにゃにゃー！」

（あは……は……）

恋愛フラグは四肢をだらりと投げ出した。その目が段々と死んでいく。

彼女は夜が明けるまで、フラグちゃんに舐め尽くされることになる。

（ふん）

少しは溜飲が下がった生存フラグ。スマホを取り出して操作し……微かに微笑んだ。

画面にはネコミミ姿の生存フラグの、自撮り写真があった。

六話　罠や魔物を配置できたらどうなるのか？（七階層攻略）

（俺の名はモブ男。都市リエナ在住の冒険者、なのだが……）

目をさますと、ものすごく異様な場所にいた。

一辺十メートルほどの部屋。壁一面に沢山のディスプレイがあり、それらにダンジョン内部の様子が映し出されている。

「ここは一体……うわっ」

モブ男の傍らに突然、タキシードをまとい、仮面をつけた人物があらわれた。身長はモブ男よりも高い。

「やあ、モブ男」

男か女かわからない、不気味な声。何かの道具で声を変えているようだ。

「お、お前はいったい」

「『X』――とでも呼んで貰おうか。おめでとう。君はここ七階層の、フロアボスに選ばれた」

「は、はあ⁉」

　フロアボス、というと、ダンジョンの各階層にいるボスモンスターのことか。倒せば次の階層への道が開かれる。

「俺は人間だぞ。魔物側に加担するような事できるか」

『X』は、重そうな皮袋を手に取り……それを逆さにした。

　大量の金貨が、床にばらまかれる。

「しっかり務めたら、こんなもの目じゃないほどの金貨をやろう」

「フロアボス、つつしんで務めさせていただきます」

　モブ男は土下座しながら金貨を集めるという、器用なことをした。


　モブ男は、金貨を一枚も残さず回収してから『X』に尋ねる。

「でもさぁ、フロアボスったって……俺弱いよ。この七階層に来るほどの冒険者はかなり強い。ボコボコにされちゃうよ」

「大丈夫。この部屋は隠し通路を通らないと、来れないようになってるし……」

『X』が指をパチンと鳴らす。

　するとモブ男の近くのディスプレイに、沢山のアイコンが現れた。

『回転ノコギリ』『飛び出す槍』『落とし穴』『吊り天井』『ゴブリン』『オーク』

などと、イラスト付きで書いてある。

「試しに『回転ノコギリ』を押してみろ」

『X』の言った通りにする。

するとディスプレイが、地図に切り替わった。この七階層を表したものらしい。

「『回転ノコギリ』を設置したい場所を、タッチして」

地図の一部——通路をタッチしてみる。

すると……通路の映像に、本物の回転ノコギリが現れた。

「モブ男、分かったかい？　君はこうやって、フロア内の好きな場所にトラップや魔物を設置することができる。それに、ある程度思い通りにフロアの構造も変えられる。この二つの能力で、身を守ってくれ」

「……」

「どうした？」

「いや、回転ノコギリとか、飛び出す槍とか、痛くてグロそうなのはちょっと……俺、腐っても人間だし……」

性根が腐っている自覚はあるらしい。

「他に、ちょうどいい罠や魔物は……うん？」

モブ男がディスプレイをいじっていると、こんなアイコンを発見した。


『スライム』『ミミック』『マネール』『触手』……


モブ男はひらめいた。

「よし。俺はこいつらを使って——この七階層を、エロトラップダンジョンにするぞ！」

「エ、エロトラップダンジョン？」

「その名の通り、エッチな仕掛けが満載のダンジョンさ！　やってきた女冒険者に痛みを与えるのでなく、ムフフな目に遭わせるんだ」

『X』——恋愛フラグは、モブ男に聞こえないほどの声で笑った。

「ふふふ、モブ男くんらしいね」

それから。

モブ男は、フロアに触手や、服を溶かすスライムなどを設置。わくわくしながら女冒険者がくるのを待った。

⚑

一週間後。

モブ男は七階層の様子が映った沢山のディスプレイを、死んだ目で見ていた。

『や、やめろ、やめてくれえっ』『あひぃっ、触手、ぬるぬるして気持ち悪いいっ！』

「なんで、オッサンばっかりなんだよ!!」

画面内であられもない姿をさらしているのは、筋肉むきむきの冒険者ばかりであった。

傍らに立つ『X』が、クスクス笑いながら、

「このフロアに、もっと女性が来たくなるようにしたら？」

「清潔なトイレを設置するとか？」

「飲食店じゃあるまいし……いや、意外といい案なのか？」

ダンジョンには基本的にトイレはなく、みな人目につかないところで用を足す。清潔なトイレがあれば、確かに女性に喜ばれるだろう。

モブ男は女冒険者の集客法を、更に考える。

「他には……そうだな。このフロアに、女性しか装備できない、強力な武具が入った宝箱

を置こう。攻略のモチベーションになるはずだ」

「ふむ、いい案だ」

それからもモブ男は次々にアイデアを出した。彼の脳は、スケベが絡むとよく回る。

⚑攻略

更にその一週間後。

フラグちゃんと生存フラグは、ダンジョン内を歩いていた。

冒険者のあいだで最近『七階層の様子がおかしい』という噂が立ち、二人で見にきたのである。

（『X』と、何らかの関係があるかもしれませんからね）

七階層へたどりつき、入り口付近の張り紙を見て呆然とした。

「なんでしょうか、これは」


〈当フロアボスから冒険者の皆様へ、三つのお知らせ〉

一、当フロアは『女性の入りやすさ』を追求しました
清潔なトイレ（鏡あり。綿棒、ヘアブラシを常備）、宝箱には豪華な女性用武具がいっぱい。おいしいケーキもあります

「丁寧すぎて気持ち悪いな……」

生存フラグが顔をしかめた。こんなフロアボス、初めてだ。

続きを読んでみる。

二、男子禁制
男は帰れ。見つけたら即、屈強なオークが全力でしばき倒す

「女尊男卑が、えげつないですね」

続いてフラグちゃんは、最後の『三』に目を移す。

三、貧乳の方お断り
フラグちゃんの頭に血が上った。

「な——なんですかこれ！」

「温泉の『タトゥーの方お断り』みたいな感じじゃな」

フラグちゃんは不機嫌まるだしで、フロアの奥に足をすすめる。

生存フラグが呼び止めた。

「待て、貧乳の方」

「誰がですか!!」

フラグちゃんは、巨乳の方に叫んだ。

「私の胸は小さくなんかありません！　行きますよ生存フラグさん！」

「お、おう……」

珍しく気圧（けお）される生存フラグ。

二人で踏み込んだフロア内は……なんというか、異様だった。

ところどころで、モブ美（み）など巨乳の冒険者が触手で縛られたりして、あられもない姿になっている。

「キモいキモいキモい、離してよー！」

その様子を近くから、目玉型の魔物がガン見していた。

顔をしかめる生存フラグに、フラグちゃんが尋ねる。

「あの目玉、いやらしい魔物なんでしょうか？」

「いや、確かあれは『イビルアイ』といって、見たものを映像として遠くに……まあ要は、テレビカメラみたいな魔物じゃ」

生存フラグは、フラグちゃんより沢山このダンジョンに潜っている。そのぶん、魔物の知識が深い。

フラグちゃんは首をかしげて、

「ということは、あのイビルアイさんを通して、フロアボスが女冒険者のあられもない姿を見ていると？」

「おそらくな。ここのフロアボスは、よほどの巨乳好きのゲス野郎なのでは――」

巨乳好きのゲス野郎。

その言葉で、生存フラグはモブ男を連想した。

（そういえばヤツを、このところ見ておらんな）

約二週間前にモブ男に従魔にされ、六階層を攻略したとき以来か。

『X』が、以前言ったところによると……

モブ男はこの都市に現れフラグを立てる。それが一段落したら『別のモブ男』となって現れ、また違うフラグを立てるらしい。

（もしもモブ男が、とっくにこの都市に現れていて、最近はわしらの目につかないところにいるとしたら……）

生存フラグは、恐ろしい想像をした。

（まさかこの階層の、フロアボスは）

――その時。

生存フラグに、触手が次々に襲いかかってきた。

だが彼女は手刀や蹴りで、全て撃退する。

「ふん、わしにこんなもの通用するか」

「生存フラグさん、それ負けフラグなような……あれ？」

なんともいえない、甘い匂いが漂ってくる。

通路の脇に置いてある、ケーキの絵が描かれた紙箱からだ。そういえば張り紙に『おいしいケーキもあります』とあった。

「あ、ああ」

甘党のフラグちゃんが、涎をたらしながら近づく。

そして紙箱をあけると……

ぶしゅっ

びっくり箱のように、大量のスライムが飛び出してきた。フラグちゃんにまとわりつき、

Tシャツやニーソックスをどろどろに溶かしていく。

大鎌でスライムを切ろうとするが、触手に奪い取られてしまった。

そこにイビルアイが近づいてきた。あられもない姿を、フロアボスに中継するつもりであろう。

「きゃああ！　見ないでください！」

フラグちゃんは両手で体を隠した。

彼女の願い通り……

イビルアイはフラグちゃんの体を一瞥（いちべつ）したあと、興味を失ったように去って行く。

（く、屈辱です～!!）

『貧乳お断り』は本当だったらしい。

その様子を見て、生存フラグは確信を深める。

（このゲスな罠（わな）。やはりこのフロアボスは……ん？）

かすかに、小猫の鳴き声が聞こえてきた。

その方角を見れば、壁に穴があいている。小猫はこの向こう側にいるようだが。

（……とてつもなく怪しい）

だが、小猫の声は悲しげで、助けを求めているかのよう。猫好きの生存フラグが見過ごせるものではない。

生存フラグは頭から穴につっこんだ。胸のあたりがかなりキツく、通り抜けるのは無理そうだ。

だが、穴の向こう側には可愛らしい子猫がいた。生存フラグは表情をとろけさせて、

「おお、にゃあちゃん。こちらへ来るのじゃ」

手を伸ばしても、届きそうで届かない。

そのとき……足に『ぬるり』という感触。どうやら触手がまとわりついたらしい。生理的嫌悪感から、反射的に体を前に進めてしまう。

「ぐっ!?」

生存フラグの体は、穴にガッチリはまってしまった。

（せ、せめて、にゃあちゃんを助け……）

そう思う生存フラグだが。

子猫はなんと、ゲル状の不定形の生物に姿を変えた。『マネール』という変身能力を持つ魔物である。

（卑劣な――ひうっ）

足が触手に撫で回されているのを感じる。更に悪いことに、前からも触手が近づいてきた。

おまけに服を溶かすであろうスライム、それにイビルアイも……

生存フラグは真っ青になった。絶体絶命である。

（じゃ、じゃが、フロアボスの正体に確信が持てた）

巨乳好きのゲス。それにフラグちゃんが甘党で、生存フラグが猫好きだと知っている。

（モブ男、あいつじゃなー!!）

⚑フロアボス

「ははは、絶景絶景！」

モブ男は、壁から突き出した生存フラグの尻を見つめていた。

（生存フラグさんを触手で捕まえようとしたら、引きちぎられるだけ）

だから、マネールが化けた子猫で釣り……

壁にハマらせ、身動きできなくしたのだ。

モブ男は生存フラグの、上半身が映った画面を見た。捕らえられた女騎士のように、迫り来るスライムを睨みつけている。間もなく、身にまとう包帯は溶かされるだろう。

生存フラグは、苦々しい顔で、

『くっ。ここからわしらが逆転する確率など……50%しかない』

モブ男は、鼻で笑った。

生存フラグは動けない。その足に群がる触手をフラグちゃんは倒そうとしているが、大鎌を失ったため苦戦しているようだ。

モブ男がいる部屋は、隠し通路を通らないと来れない。まず安全な場所である。

彼は満面のゲス顔で叫んだ。

「何をいってるんだ。１００％、俺の勝利は確定してるよ！」

……

モブ男は、ハッとした。

（今の台詞って、死亡フラグじゃないか？）

「立ちました……」

地獄の底から響くような声が、背後で聞こえた。

振り返れば、フラグちゃんがいた。スライムに溶かされて、Ｔシャツはボロボロだ。

ここが隠し部屋であることなど、関係ない。死神は、死亡フラグを立てた者のもとへ一瞬でやってくる。

さきほど生存フラグは、モブ男が死亡フラグを口走るよう——あえて妙なことを言ったのだ。

「モブ男さん、あなたがフロアボスだったんですね」

口の端をつりあげるフラグちゃん。だが目は全く笑っていない。

モブ男は後ずさりした。

「ひ……」

「怯えても許しませんよ」

「ひ……貧乳の方は、七階層出入り禁止だよ」

「やかましいです!!」

フラグちゃんが襲いかかろうとしたとき。

一瞬で、モブ男が二十人ほどに増えた。フラグちゃんは目を瞬かせた。

「え……え!?」

「ふははははは。俺はいざという時の影武者として、この部屋にマネールを沢山用意しておいたんだ。本物の俺を見つけ出すなんて不可能」

「あ、生存フラグさんの包帯がとれて、お胸がポロリと」

「えっ」

約二十人のモブ男のうち、一人だけがディスプレイに目を奪われた。無論生存フラグの胸は、ポロリなどしていない。

「画面を見たあなたが、本物ですね」

「ひいいい、許してぇええ!!」

「……今回だけですよ」

土下座しながら、ホッと息を吐くモブ男に。

フラグちゃんは、満面の笑みで言った。

「いつもはなんだかんだで許してますが、今回だけはブチのめします」

モブ男の悲鳴が響きわたる。

『貧乳の方お断り』の代償は大きかった。


十分後。

モブ男は、ボロ雑巾のような状態で転がっていた。

部屋の隅には、さっきまでは無かった下り階段が見える。フロアボスが倒されたため、現れたのだろう。

大鎌を取り戻したフラグちゃんは、生存フラグがハマった壁を破壊し、解放した。

そして生存フラグは、阿修羅のようにモブ男を見下ろして、

「キサマぁ……よくもやってくれたのう……」

「か、勘弁してくれ！　俺は雇われただけなんだ！」

小物ムーブをかますモブ男。

「雇われた？　誰にじゃ？」

「たしか――『X』って名乗ってたかな」

「！」

生存フラグは、フラグちゃんと顔を見合わせた。

「そいつから、この部屋で金貨をもらったんだよ」

モブ男は続ける。

「直接会ったのか……!?　どんなヤツじゃった？　なんでもいい。全て教えろ」

前かがみになる生存フラグ。

モブ男は思い出すように、空中を見つめながら、

「仮面で顔は見えなかったけど、たぶん男だと思うよ」

「なぜじゃ？」

「身長が、俺より高かったし……」

そして彼は、こう言った。

「胸もなかったからね」

「ふむ、それは大きな手がかりじゃな」

生存フラグは、まだ見ぬ敵『X』に思いを馳せた。

いったいどんな男なのであろう。

■『X』

一方、フラグちゃん達が住む屋敷。

恋愛フラグは自室で、『ハッキングデキール』の画面を見ていた。むろん、七階層での攻防を楽しんでいたのだ。

モブ男が敗れ、生存フラグに『X』について話す。

『仮面で顔は見えなかったけど、たぶん男だと思うよ』

『なぜじゃ？』

『身長が、俺より高かったし……』

「くすくす。モブ男くん、まんまとダマされてくれた！」

背を高く見せる靴をはいて、正体をごまかしたのだ。

だが恋愛フラグの笑顔は、モブ男(お)の言葉で固まった。

『胸もなかったからね』

「……」

ぷくーっと頬(ほお)を膨(ふく)らませる。

「い、いいもん。『X(エックス)』の正体について、ミスリードできたしっ」

負け惜しみっぽくそう言って『次のモブ男』の設定にとりかかる。次はファンタジーものでよくある『あの能力』を持たせてみようか。

七話　人物鑑定スキルを得たらどうなるのか？

沢山の人が行き交う、都市リエナの大通り。そこでモブ男は興奮していた。
「俺の名はモブ男。しがない低級冒険者だ。朝起きたら、周りの人のステータスが見えるようになっていた」
たとえば、街ですれ違った美人のお姉さんを鑑定してみると、

〈エリー〉
職業：酒□のウエイトレ□
種族：人間
HP：15
MP：0

という情報が頭に流れ込んでくる。

『□』は、ノイズのようなものらしいが、文脈から推測できるのでそれほど問題はない。

(これは面白いな。どんどん周りの人のステータスを見てやる)

そう決意したとき。

「あらモブ男」

モブ男の彼女である魔導士・モブ美が、こちらに歩いてきた。胸が大きく色っぽい。

(よし、鑑定してみよう)

〈モブ美〉

職業：魔□士

ＨＰ：25

ＭＰ：32

彼氏：モテ男

財布：モブ男

「財布!?　どういうこと!?」

「えっ、突然どうしたのモブ男？」

「モ、モブ美、俺は君の彼氏だよな？」

「もちろんよ……ところで」

モブ美は、前屈(まえかが)みして胸を強調。そして媚(こ)びるような上目遣いで、

「これからデートに行かない？　私、欲しい杖(つえ)があるの。買ってくれたら嬉(うれ)しいわ」

「金目当てじゃないか！」

泣いて駆(か)け去(さ)る財布。

失恋の痛みに号泣しながら、

（と、ところで……『財布』『彼氏』なんて項目(こうもく)、他(ほか)の人を鑑定したときはなかったぞ）

見る対象によって、違う項目が現れるのだろうか。

そんなふうに考えていると、

「モブ男、何を泣いておるのじゃ？　まあキサマのしょっぱい人生、泣きたくなる気持ちもわかるが……」

なかなかヒドい言葉とともに、生存フラグが近づいてきた。

（ぐふふ。生存フラグさんを鑑定すれば、スリーサイズが見れるかも）

モブ男は鼻の下を伸ばしながら、鑑定した。

〈天使№11〉
身長：１５５㎝

役割（ロール）：生存フラグ
種族：天□
HP：9□9
MP：0
好きなもの：猫、トレーニング、折り紙
バスト：□□センチ

「肝心な所が見えない！」

とつぜん膝から崩れ落ち、石畳（いしだたみ）をたたくモブ男（お）。

生存フラグは後ずさりながら、

「み、見えないって、何がじゃ？」

「生存フラグさんのバストが……」

「見えんで当たり前じゃろが、痴れ者（しれもの）が！」

生存フラグのキックで、モブ男は吹っ飛ばされた。

石畳の上を転がった先には……恋愛フラグ、それにフラグちゃんがいた。

「あ、モブ男君だ、やっほ～」

両手を振る恋愛フラグを、モブ男は鑑定した。

〈天使No.51〉
役割：恋愛フ□グ
またの名前：『X（エックス）』
HP：□8□
特技：お菓子作り、カクテル作□
趣味：オモチャで遊ぶこと

（〝またの名前　『X』〟ってなんのことだ？　それにオモチャで遊ぶなんて、可愛（かわい）いところあるな）

　まさかその『オモチャ』が、自分自身だとは想像もつかない。

（でも『X』ってどっかで聞いたような……うーん）

『前回のモブ男』が遭遇（そうぐう）した、仮面の人物だ。だがモブ男の記憶は、基本的には引き継がれない。

　なのであまり深く考えず、続いてフラグちゃんを鑑定してみた。


〈死神No.269〉

役割：死亡フラ□
誕生日：四月□日
身長：１４５㎝
特技：大食い
状態異常：□の病

最後の項目に、モブ男は驚いた。

フラグちゃんの華奢な両肩をつかんで、

「ぴょ、病気なの!?　フラグちゃん」

「え、そんなことは……」

「だってステータス異常『□の病』って書いてあるよ」

「なんのことですか??」

モブ男は、今朝からステータスが見えること。ノイズがかかって見えない部分もあることを説明した。

恋愛フラグは、にんまりした。

「ははーん。きっとそれは、恋の……」

「わー！」

フラグちゃんは大声をあげ、恋愛フラグの言葉を遮る。

一方、生存フラグは鼻で笑い、手をひらひら振った。

「ふん、いい加減なことを。死神が病気にかかるはずが……」

恋愛フラグはうつむき、沈痛きわまりない表情で、

「しーちゃんがかかってる病だけは、例外なんだよ。それはとても重いもので、最近ずーっと苦しんでるの」

「な、なんじゃと……」

生存フラグが青ざめていく。

モブ男も、うろたえながら、

「今までそんなそぶり、全くなかったのに」

「『モブ男くんに気付かれたくないから』に、決まってるじゃん」

(俺に、心配をかけないようにしていたのか)

フラグちゃんの健気さに、モブ男の胸がしめつけられる。

「師匠、どういう症状の病気なんですか？」

「動悸が急に激しくなったり、体温があがったり」

そう聞いたモブ男は、己の額とフラグちゃんの額を合わせた。

「あわわ」

みるみるうちに真っ赤になるフラグちゃん。

「なるほど……どんどん熱くなってる。大変だ!!」

モブ男はアホであった。

恋愛フラグは、目元にハンカチを当てて、

「本当に苦しい病なの。みずから命を絶っちゃう人もいるくらい」

「そ、そんな」

モブ男は力なく立ちつくした。生存フラグは目眩を起こしたように、片膝をつく。

「師匠、治す方法はありませんか？」

「聞いたところによると……ダンジョンの六階層に『全快草』っていう、どんな病でも治せる草が生えているんだって」

「ええっ」

「それなら、しーちゃんの『□の病』も治るかもしれないね。採ってきてくれないかな？」

恋愛フラグは紙に草のイラスト、生えている場所の地図を書く。

それを受け取りながら、モブ男は考える。

（六階層の魔物はかなり手強い。低級冒険者の俺が、採ってこれるのか？）

「モブ男、採ってこい」

生存フラグが、低い声で言った。

「でも、この都市最強の冒険者である、生存フラグさんが行った方が……」

「ごちゃごちゃ言わずに行くんじゃー!!」

鬼軍曹のような大喝を受け、モブ男は慌ててダンジョンへ向かっていった。

続いて生存フラグは、フラグちゃんをお姫様だっこする。

「ベッドまで運んでやる」

「ええ!? ちょ、ちょっと待ってください」

フラグちゃんは、自分の『病』について説明した。

生存フラグは、口をあんぐりあける。

「はぁ!? 恋の病!?」

耳まで赤くなり、恋愛フラグを睨みつけて、

「キ、キサマ、まぎらわしい説明しおって……」

「え～、嘘は一つも言ってないよ?」

ぺろっと舌を出す恋愛フラグ。

フラグちゃんは申し訳なさそうに、だが嬉しそうに言う。

「あの、心配していただいて、ありがとうございました」

「しとらんわ! キサマをベッドまで運ぼうとしたのは……そ、そう、筋トレじゃ!」

ガバガバな言い訳に、フラグちゃんは微笑んだ。

そんな二人から、こっそりと恋愛フラグは離れ……
細い路地に入り、掌をかざして『ハッキングデキール』を出し、起動。
六階層に、モブ男に教えた草を設置した。
そして『ある障害』も用意する。
（重要アイテムゲットには、リスクがないとね）

草を採りに行く

モブ男はダンジョンへ入った。
魔物と遭遇しても逃げまくり、なんとか運良く六階層まで到達できた。
恋愛フラグにもらった地図の場所を捜すと、あっさりイラスト通りの草を発見できた。
これが、どんな病でも治せる『全快草』だろう。
だが。
とつぜん若い男女のパーティが現れ、こう凄んできた。
「その草を俺達に渡せ。高く売れるからな」

「誰が渡すか――ぶべぇっ⁉」

一瞬で間合いを詰められ、殴られた。倒れたところを二人に蹴りまくられる。

だが草は胸に抱いて守る。

（これでフラグちゃんの病を治すんだ。渡してたまるか）

だが二人ともモブ男より強いようだ。どうするか……

打開策を探すべく、まず男の方を鑑定してみた。

〈モテ男〉
職業：戦□
HP：1□0
年齢：18
彼女：モブ美
浮気相手：ギャル美

（こ、こいつがモブ美の浮気相手――というか、本命の彼氏か）

モブ男は怒りに震えつつ、女の方も鑑定する。

〈ギャル美〉
職業：盗賊（シーフ）
ＨＰ：98
年齢：22
好き：おばあちゃ□、モテ男
歴代彼氏：３人
彼氏：モテ男

妙な人間関係が見えてきた。これが突破口になるかもしれない。

モブ男は殴る蹴るに耐えながら、モテ男を指さした。

「お前は」

「ん？」

「ギャル美の他（ほか）に、モブ美という女と付き合っているな……」

「な、何をデタラメを!?」

驚き、否定するモテ男。

ギャル美が、モブ男の胸ぐらをつかんできて、

「ちょっとアンタ、ウチの彼氏に何いいがかりつけてんの？」

「俺は鑑定能力を持っている。お前達のことなど、全てお見通しだ――お前の名はギャル美で、歴代彼氏が三人とか、おばあちゃんっ子だとか」

「きもっ！　でも全部合ってるし、鑑定スキルがあるってのはホントみたいね。ってことは……」

ギャル美はモテ男の首をしめた。

「アンタ浮気してたの!?」

その隙にモブ男は逃げつつ、追い打ちをかけた。

「俺の鑑定によれば、モテ男は他に七人と浮気しており、その平均年齢は十三歳。なので二十二歳の君をババアだと思っている」

「おいそれは嘘だろ!?」

モテ男は反論する間もなく。

ギャル美にマウントポジションをとられ、タコ殴りにされている。

嘘を信じさせるコツは、真実に混ぜることだ。

「ははは、リア充は死ね！」

クズな戦法で勝利したモブ男。実に爽快な気分で、逃走に成功した。

ダンジョンの外に出ると、すでに夜だった。

モブ男は酔客で賑わう大通りを駆け抜け、フラグちゃん達の屋敷に向かう。

中に入ると、恋愛フラグが手招きしていた。案内されて入った部屋には、フラグちゃんがベッドで寝かされていた。

生存フラグは、何故かムスっとしながら折り紙を折っている。

モブ男は不思議に思ったものの、ベッドに駈け寄り、

「フラグちゃん……！」

「いや、別になんともないいんですよ？　恋愛フラグさんに無理矢理、横にさせられて……」

「いいんだ」

モブ男は首を横に振り、

「俺に心配をかけないように、無理に明るく振る舞わなくても」

「話を聞かない……って、モブ男さん、ボロボロじゃないですか」

モブ男は説明した。『全快草』を奪われかけてボコボコにされたこと。だが守り抜いたことを。

「わ、私のために」

フラグちゃんの顔がますます赤くなる。

それを見たモブ男は、草を差し出して、

「病状が、さらに悪化してる！　さ、早く食べて」

フラグちゃんは迷った。これを食べたら、モブ男への『□の病』が消えてしまうのではないだろうか。

でも……その気持ちのために、モブ男を何度も助けてしまうことも事実。

（それは『立派な死神になりたい』という目標と矛盾しています。ならこの気持ちを消した方が……）

葛藤するフラグちゃん。それを恋愛フラグがゾクゾクしながら見つめている。

モブ男はしびれを切らした様子だ。

「どうして飲まないんだい？　……ええい、こうなったら！」

草を口に含み、咀嚼した。

そして、フラグちゃんに顔を近づけてくる。

（これは……薬を、口移しで飲ませるフラグ！）

身を任せてみようかと思ったが。

唇があわさる直前、フラグちゃんは叫んだ。

「わ、私は飲みませんっ！　この『病』を消したくないですから」

「？」

頬を膨らませたまま、不思議そうな顔をするモブ男。

フラグちゃんは微笑みかける。

「この『病』は、自力で直す方法もあるみたいです。とても難しいでしょうけど、それに向かって頑張ってみたいです」

自力で直す。

それは、フラグちゃんがモブ男と結ばれることだ。死神と練習用プログラム。多くの困難があるだろうが……

（しーちゃんは、そこに至るまで、どんな悪戦苦闘を見せてくれるかな？）

恋愛フラグは、期待に身震いした。

続いてモブ男の背をたたく。

「だってさ。でもモブ男くん、かっこよかったよ！」

「んぐっ」

衝撃で、モブ男は口内のものを飲み込んでしまった。

フラグちゃんがそれを見て、

「あ、モブ男さんが『全快草』飲んじゃいました。でも状態異常なんてないはずだから、なんの意味も……」

「フラグちゃん。I　LOVE　YOU」

「えええ――――!!」

モブ男の突然の告白に、フラグちゃんは大声をあげた。

フラグちゃんの小さな手を、大切なもののように両手で包む。

「マイスイートハニー。俺の想いに応えてくれるね？」

（あわわ。どういうことですか……？）

フラグちゃんが目を回しかけたとき。

モブ男の懐から、紙が落ちた。彼がダンジョンに行く前、恋愛フラグが渡したものだ。

『全快草』のイラストと、その場所が書かれているはず。

恋愛フラグはイラストを見て、己の額をこつんとたたく。

「あ、ボク間違えた。これ『全快草』じゃなくて『ベタ惚れ草』だった～」

「べ、ベタ惚れ草？」

「飲んでから初めて目を合わせた人に、三十分だけベタ惚れになるんだ」

モブ男の激変ぶりは、それが理由らしい。フラグちゃんの耳元で、彼がささやいてくる。

「OH……君はいけない死神。俺の心も、その大鎌でしとめてしまったんだね」

クソのような口説き文句に、生存フラグが顔色を悪くして退出する。

だがフラグちゃんには、極上の音楽のように聞こえた。


三十分後。

『ベタ惚れ草』の効果は切れ、モブ男は帰って行った。

フラグちゃんは、珍しく恋愛フラグに怒る。

「まったく恋愛フラグさんったら、いたずら好きにもほどがあります。モブ男さんの心を操るなんて、よくないことです」

「ごめん……」

しおらしく俯く恋愛フラグだが。

「じゃあ、これはいらないよね」

スマホを操作し、録音アプリを立ち上げた。

『フラグちゃん。I　LOVE　YOU』

『OH……君はいけない死神。俺の心も、その大鎌でしとめてしまったんだね』

モブ男の甘ったるい声が、部屋に響く。

「しーちゃん。それとも、いる？」

「……」

フラグちゃんは、微かにうなずいた。

幕間　死神No.13と神様はどうしているのか？

■天界

天界の宮殿では、沢山の『天使』や『死神』が働いている。

その一角で、今も死神が人間界へ出動しようとしていた。

「人間番号AF-362578　田中三郎
深夜、自宅アパートにいたところドアがノックされ『誰だろうこんな遅くに……』と開けにいき、死亡フラグを立てました。命の回収にいってきます」

そして死神は、転移装置へ飛び込む。

その横の転移装置からは逆に、人間界から帰還した死神があらわれた。

No.13だ。若草色の髪をなびかせる彼女に、同僚から黄色い声があがる。

「きゃー、No.13さん、お疲れ様です！」「今日も大活躍ですね！」

たいへんな人気だ。

その理由は美貌もあるが、なにより天界でも指折りに優秀だからだ。死亡フラグを回収し損ねたことは、今までほとんどない。

今日も、すでに五人の死亡フラグを回収している。

銃撃戦に遭遇して『映画の撮影か何かか？』と言った通行人。巨大なビーカーの前で『最強の生物を作ったぞ！』と叫んだマッドサイエンティストなど……。

№13を取り巻く一人が、媚びるような笑いを浮かべ、

「№269のヤツ、長期研修で最近いませんけど、その穴も№13さんがいれば楽勝で埋まりますね」

フラグちゃんたちの不在の理由は、表向き『長期の研修』ということになっていた。仮想世界のトレーニングシステムについて、まだ天界の皆が知っている訳ではないからだ。

別の同僚が、嘲笑で応じる。

「№269なんて落ちこぼれじゃん。いなくなっても穴なんか開いてないよ。このまま帰ってこなくていいのに」

クスクス笑う二人に。

№13は紅い瞳を向け、冷たく言い放つ。

「悪口を言うヒマがあるなら、仕事に戻りなさい」

「「は、はいっ！」」

直立不動で応える二人を尻目に、№13は自分のデスクへ戻った。

書類を眺めながら、考える。

(No.269たち三人は、今頃どうしているでしょうか)

最近、彼女らを心配してばかりいる。仮想世界に閉じこめられるなど、前代未聞だ。

(……いけません。今は仕事に集中しなくては)

終業時間になった。

結局この日、No.13は八人もの死亡フラグを回収した。

「それでは皆さん、お疲れ様でした」

折り目正しく礼をして、同僚たちに別れを告げる。

いつもなら死神の寮に戻って、風呂や食事をすませ、趣味であるテレビゲームをする。効率よくレベル上げなどをするのが、彼女のプレイスタイルだ。

だが……今はゲームどころではない。

(神様のもとへ行きましょう。ハッキングの調査の進捗具合が気になります)

そしてNo.13は、宮殿の最上階へやってきた。

巨大な扉があり、その奥の謁見の間に神様はいる。

(きっと今も、ハッキング犯について調べているはずです)

そう信じて、大扉をあけると……

「あははははは」

神様は床にだらしなく寝転がり、ＹｏｕＴｕｂｅ（ユーチューブ）を見ていた。

№13は無言でその両足をつかみ、振り回してから十メートルほども投げ飛ばす。ジャイアントスイングだ。

「し、死神№13!?　どうしたんだい!?」

「それはこっちの台詞（せりふ）です。№２６９たちを救うべく、奮闘してらっしゃるかと思ったのに……！」

№13が追い打ちをかけようとすると、神様は両手を前に出して、

「た、ただサボっていた訳じゃないんだ！」

「嘘（うそ）をつかないでください。どう見ても……」

「私はね、彼女たちが自力であの仮想世界から、脱出することを期待しているんだ」

動きを止める№13。

神様は続けた。

「『Ｘ（エックス）』は、あの都市で様々なフラグを用意しているよね」

「……はい。『異世界でネット購入できたら』『魔物を食べたら』など」

「それらは、今までのように僕が仮想世界を設定していたら、絶対に出てこなかった発想。今の状況は、これまでにないフラグ回収の練習ができる好機でもあるわけだ」

「……一理（いちり）あるかもしれませんが」

№13は、気乗りしない口調でいった。

「それには危険が伴います。設定をしているのはハッキング犯。何をしてくるかわからない相手です」

「僕はね」

神様はあぐらをかき、空中にディスプレイを出した。

そこには都市『リエナ』が映っている。

「犯人『X』には独自の美学があると思う。狡猾なゲームマスターだけど、提示したルールは破らない。そう感じるんだ」

「ルールというと……『十階層のフロアボスを倒せば、〝アイテム〟のありかを教える』ですか」

「うん。幸いなことに、№２６９たちはもう七階層まで攻略している。十階層の攻略を、待ってもいいと思うんだ」

それまでにも様々なフラグが立ち、№２６９たちの修行になるというわけか。

「……わかりました」

№13は、しぶしぶうなずいた。

「でも今の説明は、神様が何もしない事の、言い訳ではないでしょうね」

「ま、まさか！」

神様は首を横に振り、

「実は、秘密兵器の準備を進めているんだ」

「秘密兵器？」

「いずれNo.２６９たちと『Ｘ』との決戦は避けられないだろう。そのための武器だよ」

なるほど、抜かりはないということか。

（今回、神様は過保護にならず、ある程度No.２６９たちを放っておき、成長を促す方針のようですね）

それも、悪くないかも知れない。

（No.２６９、No.11、No.51。神様の期待に、応えてみせなさい）

No.13が、期待を寄せていると……

（？）

視線を感じた。

振り返ると、大扉がわずかに開いており——何者かがこちらを覗いている。

No.13は責めるようにたずねた。

「誰です？　ここは天界の最高指導者・神様がおられる謁見の間。のぞき見とは無礼な」

「いや君、僕にジャイアントスイングしたじゃない」

神様のつっこみを、No.13は聞き流した。

足音とともに『何者か』が逃げていく。

「待ちなさい！」

№13は駆け出した。大扉をあけ、廊下に出る。

すでにもう、誰もいなかった。

（今の人影——もしかしたら『X』？　私と神様の話を盗み聞きして、こちらの動向をうかがっていたとか？）

№13は知る由もないが、『X』の正体は恋愛フラグだ。いま天界にいるはずもない。ならば一体、誰だったのであろうか。

八話　時間停止できたらどうなるのか？（八階層攻略）

(俺の名はモブ男。冒険者をやっている)

先ほどモブ男は、都市リエナの市場で怪しい屋台に寄り、女性店員から薬を購入した。

薬瓶の中には、ドス黒い液体が入っている。『時間停止のスキルを得る』薬らしい。

(滅茶苦茶怪しいが……万が一本物だったら、時間を止めて、生存フラグさんやモブ美にあんな事を……ぐふふ……)

「立ちました！」

『死亡』と書かれた小旗を振り、フラグちゃんが現れた。

「時間停止でゲスなことをしようとするのは、死亡フラグですよ！」

「え、ということは……この薬、本物!?」

「どうやらそうみたいです。だから止め――」

モブ男は薬を一気飲みした。

「時間よ止まれ！」

その瞬間。


あたりが、真っ暗になった。


（なんだこれ）

完全なる無音の世界。

口を動かしても、声が出ない。

前に進もうとしても、体がゼリー状の物体に包まれているようで、すごく動きづらい。

なにより――

（呼吸できない！　なぜだ！）

モブ男は『時間停止』を解除した。あたりが明るくなり、いつものように動けるようになった。

息を荒げて、酸素を肺にとりこむ。

「ハア……ハア……」

そのさまを見たフラグちゃんは、こう勘違いした。

「スケベな事したから、ハアハアしてるんですね？　女の敵！」

ピコピコハンマーで殴られた。泣きっ面に蜂である。

モブ男は『時間停止』したあとの状況について説明した。

フラグちゃんは少し考えたあと、

「それは『リアル』な時間停止かもしれませんね」

「どういうこと？」

「『ジョ〇ョの奇妙な冒険』のD〇Oさんとかが使った、漫画でよくある『自分だけが自由に動ける』のではなく——実際の物理法則に沿った時間停止です」

フラグちゃんは人差し指を立てて、

「『時間を止める』ということは、全ての物理現象が止まるということです。例えば私達は、物体の色や形を、眼球に入ってくる光で認識していますが——」

光が止まったため、何も見えなくなった。

空気も止まったため、呼吸ができない。空気抵抗が非常に大きくなり、動きづらくなる。

音は空気の振動によるものだから、何も聞こえなくなる。

「そ、そんな。それじゃ」

モブ男は頭を抱えて、石畳に両ひざをついた。

「女湯や、スカートの中をのぞくことができないじゃないか……！」

フラグちゃんは『なぜ自分はこの人が好きなのだろう』と自問した。

「はぁ。モブ男さん、私のためにダンジョンから草を採ってきたときは、かっこよかったのに」

フラグちゃんの呟きは、モブ男には届かなかった。

彼はうんうん考えたあと……

公式を見つけた数学者のように、目を輝かせる。

「そうだ！　たとえ視覚が使えなくても、触覚が残っている」

「は？」

「暗闇の中でも、動くことはできるんだ。つまり、生存フラグさんのたわわな果実を触る事はできるということだよ」

「でも、暗くて見えないじゃないですか」

「大丈夫。こうすればいい——」

モブ男は作戦を説明した。

生存フラグと、三メートルほど離れたところで相対する

生存フラグのたわわと同じ位置に、手を構える
↓
時間を止め、前進
↓
たわわを、キャッチアンドリリース
↓
後退し、時間を動かす

「これなら生存フラグさんに気付かれず、たわわに触れられるだろう？」

フラグちゃんは、ピコピコハンマーをフルスイングした。

⚑特訓

その日から、モブ男は特訓を開始した。
自宅アパートの壁に、生存フラグの全身図を描き、そこから三メートル離れる。
たわわと同じ位置に、手を構え……

「『時間停止』」

世界が暗闇に包まれた。呼吸できないまま、周りのゼリー状の空気に抗って進む。

（……ん？）

どうやら『ゼリー状の空気』を、口に含めば呼吸できるようだ。モブ男の体内だけは時間が流れているためだろうか。これで呼吸問題は解消された。

あとは真っ直ぐ歩くだけである。

壁に当たった感触がしたため、時間停止を解除すると……

目標とは違う場所に、ぶつかっていた。モブ男は悔しさで壁を叩いた。

「くそっ！　まだまだだ！」

「人類史上、一番気持ち悪い特訓じゃないでしょうか」

ベッドに座るフラグちゃんは、汚物を見る目をしていた。

「暗闇の中、真っ直ぐ歩くのが難しくてさ」

「はぁ、そうですか」

モブ男は遠くを見て、

「でも俺は信じているんだ……努力は必ず報われるって」

「どちらかといえば、ゲスな行動の報いを受けて欲しいですね」

それから一週間……

特訓を続けた結果、モブ男は時間停止した世界でも真っ直ぐに進めるようになった。

いよいよ成果を発揮する時である。

モブ男が街へ出て、生存フラグを捜すと……大通りで見つけた。道端の猫をながめているようだ。

「生存フラグさん」

「ん？　モブ男か」

なにげなく、振り向いた生存フラグ。

そこから三メートル離れた位置で相対し——

（時間停止！）

世界が暗闇に包まれた。

だが今のモブ男にとっては、慣れた環境。ゼリー状の空気に抗って進み……

大きく柔らかな果実を、両手におさめた。

（んほー！）

少しザラザラしているのは、包帯を巻いているためだろうか。

感触を堪能しつつ、そのまま後退。時間停止を解除した次の瞬間——

生存フラグの一言に、驚愕した。

「キサマいま時間を止め、胸にさわったな？」

「!?」

生存フラグは己の胸元を見下ろして、

「包帯に少し乱れがある。何より……」

何を思ったか、包帯を外した。すると中から、生きたスライムが現れた。どうやら普段の包帯の上に、さらにスライムを包帯で巻いていたらしい。

（ということは、いま触った柔らかいものは、只のスライム……）

この一週間の特訓が、全て無駄になった。徒労感でモブ男はうずくまった。

「な、なぜわかったの？」

「キサマのゲス計画は全て、死亡フラグが教えてくれた」

脇道から、フラグちゃんが現れた。モブ男は、明智光秀に裏切られた信長ばりに叫んだ。

「フラグちゃん！　どうして！」

「いや……友達がエッチな事されそうになってたら、注意喚起しますよ」

「もっともだ……」

ド正論に、モブ男は反論できなかった。

「覚悟はできておろうな」

生存フラグはモブ男を包帯でグルグル巻きにして、石畳の上を引きずり始めた。その異様な姿に、市民達の注目が集まる。

青空を見上げながら、モブ男は顔面蒼白になっていた。

（こ、これはヤバイ。いったいどんな目に遭うのか……）

生存フラグはモブ男を、街の中心……ダンジョンまで引きずってきた。中へ入り、どんどん下層へもぐっていく。

八階層まで到着した。

かなり広い長方形のフロア。パッと見、魔物はいないようだ。

「この八階層は特殊でな。通路はなく、この部屋のみ。魔物はフロアボス一体だけ」

「え、じゃあ簡単に攻略できるんじゃ」

「そう簡単ではない……床をよくみろ」

言われた通り凝視すると、何かが動いているように見える。

だがあまりにも早くて、目で追うこともできない。

「『スピードスライム』という魔物じゃ。戦闘力はたいしたことはないが、とにかく早くて攻撃が当たらぬ。じゃが――」

生存フラグは、モブ男を空中に投げ……

コマ回しの要領で包帯をほどいた。床に叩きつけられたモブ男に剣を渡し、

「時間を止められるキサマなら、倒せるじゃろ。敵がいくら早かろうが、関係ない」

「せ、生存フラグさん？　ご存じかも知れませんが……俺が時間を止めると、視界は真っ暗になる。スピードスライムがどこにいるかなんて、わからないんですが」

「なんじゃ、そんなもの」

生存フラグは鼻で笑った。

「剣を振り下ろしたあと、移動する。当たった手応えがあるまで、それを延々繰り返せ」

続いて生存フラグは布袋を投げてきた。中には携帯食料と水が入っている。

「一度時間を止めたら、スピードスライムを倒すまで動かすでないぞ」

モブ男は絶望感とともに、フロアを見回した。広さはサッカー場ほどもあるだろうか。

（当てずっぽうで剣を振り、魔物に当たるまで繰り返す？　ここで？）

優しいフラグちゃんが、とりなしてくれる。

「生存フラグさん、いくらなんでも過酷なのでは」

モブ男は首を横に振った。

「いや……俺は生存フラグさんに酷い事をしようとした。罪滅ぼしのつもりで、頑張るよ」

「モブ男さん……」

心配そうなフラグちゃん。彼女を連れて、生存フラグはフロアの隅へ移動する。

そして、冷酷な刑務官のように言った。

「その意気やよし。さあ、はじめろ」

それは、地獄の作業だった。

時間を止めたあと、真っ暗な視界の中、剣を振り下ろす。手応えがなければ、少し移動して、また振り下ろす。延々とその繰り返し。

空気が止まっているため、体を動かす度に強い抵抗がかかる。まるで水中で作業しているようだ。

腹が空けば、携帯食料でエネルギーを補給し、そのまま作業を続ける。

そしてモブ男の体感時間で、実に五日が経過した時……

剣を振り下ろしたとき『ぶちっ』と。

今までとは明らかに違う手応えを感じた。

時間停止を解除すると、周囲が明るくなる。剣の下を見ればスライムが潰れている。フロアボス『スピードスライム』だろう。これで九階層への道が開く。

「や、やった……！」

周りを見ればフロア中、モブ男が地面を剣でたたいた跡だらけ。それだけで、彼の努力がうかがえる。

離れたところで、フラグちゃんと生存フラグが感嘆していた。

「モブ男さん……やりましたね」

「ここまで頑張るとは思わなかった。見直したぞ」

こちらへ駆けてくる二人。その間合いが三メートルに近づいたとき。

（この時を待っていた！）


時間停止。


――モブ男は時間停止でのゲス行為を、全く諦めてはいなかった。

『罪滅ぼし』などと言ったのは大嘘。生存フラグが油断するであろうこの時を、待っていたのだ。

モブ男は暗闇のなか前進し、たわわな果実を両手につかむ。

（んほー！）

その柔らかさに酔いしれたあと、離す。

そして後退した。

（やったぜ！　地獄のような労働が全て報われた！）

……だが、モブ男は忘れていた。

『改心したフリの悪党が、再び牙をむく』は死亡フラグであるということを。

時間停止を解除したあと……

生存フラグが、薄笑いを浮かべて、

「モブ男、またもワシの胸を触ったな？」

「ま、まさかぁ」

「ふん」

生存フラグが己の胸をつつくと、むにょむにょと上下に動き——包帯が外れた。

またしても、二体のスライムが現れた。

「ま、また俺、スライムを触……あっ」

「語るに落ちたな」「モブ男さん……最低です」

モブ男は、がっくりと膝をつく。一回目の時ですら、地獄のような労働をさせられたのだ。これからどんな目に遭わされるのか……

だが生存フラグは、ニッコリ笑って、

「安心せよ。わしは生存フラグ。キサマが死ぬようなことはせん」

「ほっ」

「『死ぬ方がマシ』という目には遭わせるかもしれんが」

ボキボキと、拳を鳴らして近づいてくる。

モブ男は苦笑し、

「ねえフラグちゃん」

「はい」

「ひと思いに、俺を殺してくれないかな？」

フラグちゃんは「自業自得ですよ」と首を横に振った。

⚑『X（エックス）』

一方、フラグちゃんたちの住む屋敷。

恋愛フラグはいつものように、モブ男たちの様子を『ハッキングデキール』で楽しんでいた。いまはモブ男が、生存フラグにお仕置きされている。

「あ〜あ、モブ男くん可哀想（かわいそう）――そうだ」

両手をあわせて、

「『次のモブ男くん』はいくら叩（たた）かれても、大丈夫にしてあげよっと♪」

素敵なアイデアに喜ぶ恋愛フラグ。

だがそれは彼女自身にとっても、悲劇のはじまりであった。

九話　ドMになったらどうなるのか？

都市リエナの夜。

たくさんの酔客や、飲食店の呼び込みで賑わう市街地を、モブ男がとぼとぼ歩いている。

（俺の名はモブ男。三人パーティの一員で、タンクを務めている）

タンクとは、仲間をガードする役割のことだ。

（でもタンクってキツいんだよなぁ）

魔物の攻撃はもちろん痛いし、なにより地味だ。どうしても目立つのは、敵を仕留める役——剣士のモテ男や、魔導士のモブ美。

なのでパーティでも軽んじられている。

さっきも、モテ男から別れぎわに、こんなことを言われる始末。

『明日もがんばってくれよ、肉壁くん』

モブ男は地団駄を踏んだ。

「ちくしょー！　もうタンクはイヤだ。痛いしさぁ！」

　そのとき、近くの路地から恋愛フラグが現れた。

「あ、師匠」

「やっほ～！　そんなモブ男くんのために、いいものがあるよ」

　恋愛フラグが手をかざすと、小瓶(こびん)があらわれた。中から錠剤(じょうざい)を取り出し、モブ男の掌(てのひら)に乗せる。

「これを飲むと、どんな攻撃を受けても大丈夫になるんだ」

（もしかして、めちゃくちゃ防御力アップするとか？）

　モブ男はそう考え、錠剤を飲んだ。

（……？）

　全身を見てみる。体が硬くなるとか、そういう効果はなさそうだが。

　恋愛フラグはニッコリ笑って、

「それは『ドM錠(じょう)』という薬で、ものすごいドMになっちゃう薬なんだ」

「ドMになる!?」

　確かにドMになれば、どんなダメージも快楽として感じられるだろう。

「俺を騙(だま)したの？」

「『攻撃を受けても大丈夫になる』と言ったけど『痛くなくなる』とは言ってないよ」

「ひどい！」

抗議の声とは裏腹に、モブ男の表情は悦びにあふれている。精神的な痛みでも快楽になるらしい。

恋愛フラグが手をひらひら振って、身をひるがえす。

「じゃあねモブ男くん。これからの奮闘を楽しみにして……」

その足に、モブ男はすがりついた。

「待って。もっと俺をいじめてください！　師匠！」

「ちょ、離……」

「責任とって下さい。俺をこんな体に――ドMにしたのは、師匠じゃないですか！」

そんな二人を見た通行人が、ひそひそと、

「ただれた関係のもつれ？」「変なプレイの師匠ってこと……？」

恋愛フラグが、珍しく赤くなった。

一刻も早くこの場から去るため、モブ男の耳元でささやく。

「ねえ――キミはボクのオモチャなんだからね？　オモチャは持ち主に逆らっちゃいけないんだよ？」

人でなくオモチャ扱いされ、モブ男はゾクゾクした。

とろけるような眼差しで、

「はい、俺は師匠のオモチャです！　遊ぶなり壊すなりお好きにどうぞ!!」

「だから大声で言わないでー！」

通行人の視線に耐えきれず、恋愛フラグは逃げ出した。

なおもモブ男が追うが、

「追いかけてこないで！　止まってー!!」

「はい！」

オモチャである以上、命令は絶対である。モブ男は右足を踏み出したまま、止まった。

その姿勢のまま夜があけ、朝になった。

一睡もせず、夜の寒さで体は冷え切り、筋肉がカチコチに強ばっている。

だがそれすらも、今のモブ男にとっては快楽であった。

（さすが師匠……期待以上のドSっぷり）

モブ男は感謝した。恋愛フラグにそのつもりはなかっただろうが。

（ご命令通り、このままの姿勢でいつづけたいが）

今日もモテ男、モブ美とダンジョンへ向かわねばならない。

やむなくモブ男は、二人との待ち合わせ場所である、冒険者ギルドへ向かった。

（ご命令に背いたことを師匠に怒られるかもしれないが、それはそれでご褒美だ）

ギルド内には沢山の冒険者が集まっており、その中に仲間二人もいた。

モテ男がいやらしい笑みを浮かべ、

「よう肉壁。今日もしっかり俺達を守れよ。あと荷物持ちもしてくれよ」

モブ男はゾクゾクした。昨日まではあれほどストレスだったのに、今は快楽しか感じない。

(師匠は本当に、素晴らしい薬をお与えくださった)

改めて、感謝する。

モブ美が爪の手入れをしながら、気だるげに言う。

「ねえモブ男。市場にひとっ走りして、パン買ってきて」

「わかった。そのあと、攻撃魔法の練習の的になろうか?」

「ならなくていいわよ!?」

モブ男はがっかりしつつ、パンを買ってきた。

そして三人でダンジョンへ潜る。

モブ男は仲間への攻撃を、まさに一身に受け止めた。オークの棍棒、狼のキバ、触手のしめつけ……その全てが、モブ男に悦びをもたらした。

(ああ、ダンジョン最高)

そのおかげもあってか、パーティは順調に探索を進める。

おまけに。

モブ美やモテ男が、こんなことを言う。

「モブ男、今日のアンタ頑張ってるわね」「ああ。ダメージ食らうたび喘ぐのは気持ち悪いが、タンクとして最高の働きだ」

「……」

モブ男は奥歯をかみしめた。

ドMになったとたん、褒められるようになるとは。なんとも皮肉である。

そしてモテ男は、更に的外れなことをいう。

「今まで酷いことを言って、悪かった。これからは力を合わせて冒険を……」

「……いらないよ」

「え？」

モブ男は叫んだ。

「賞賛の言葉なんて、いらないんだよ。もっと俺をなじれよ！」

「は、はぁ？」

困惑するモテ男。その胸ぐらをつかみ、

「逃げるための捨て石にするとか、俺の目の前でモブ美とキスするとか、もっと色々あるだろ！」

「は、離せ！」

恐怖したモテ男に、強く突き飛ばされた。ダンジョンの壁に背中をぶつける。

「わ、悪いモブ男。痛かっ……」

「やればできるじゃないか。もっと俺を虐げろ！」

「「ひぃいいい!!」」

モテ男とモブ美は、逃げていった。

（ふん、モテ男のヤツ、悪になりきれない半端者め）

そう吐き捨てる。

やはりモブ男の乾きを癒やせるのは、師匠である恋愛フラグ……

もしくは、この都市一の冒険者にしてドSの、あの御方だけかもしれない。

⚑

モブ男はダンジョンから出て、都市の南側にある高級住宅街へ向かった。道の奥には、領主が住む美しい城が見える。

辿り着いたのは、フラグちゃん達が住む屋敷だ。

庭から『どすっ』という鈍い音。見れば生存フラグが、庭木に吊したサンドバッグにキックしていた。

ジッと見つめていると、生存フラグがこちらに気付いた。

「いやらしい目でわしを見るな。気持ち悪い」

冷たい視線に、モブ男はゾクゾクしながら、

「違うよ。見てたのはサンドバッグだよ」

「はぁ？」

「代わりに木に吊されて、生存フラグさんに蹴られたいなと思ってたんだ」

「真実の方が気持ち悪いではないか!!」

生存フラグは、珍しく心配そうな様子で、

「どうしたんじゃ。キサマはいつもおぞましいが、今日は輪をかけておぞましいぞ」

「ああっ」

モブ男は倒れ込み、激しく痙攣する。

生存フラグは怯えながらも、彼から事情を聞き……顔をしかめた。

「なに？　恋愛フラグからドＭになる薬『ドＭ錠』を貰った？　またあいつは変な薬を……」

生存フラグが溜息をついた時。

「あら、モブ男さんじゃないですか」

フラグちゃんが玄関から出てきた。隣には恋愛フラグもいる。

だが……フラグちゃんの様子がおかしい。優しい彼女が、冷酷な支配者のような嗜虐的な笑みを浮かべている。

「今日も相変わらずのモブ顔です——ねっ！」

フラグちゃんは助走をつけて、モブ男にビンタした。

「はぁ⁉」

口をあんぐりあける生存フラグ。

恋愛フラグが、己の頭をコツンとたたいて、

「実はさっき、しーちゃんの紅茶にドM錠とは逆の……ドSになる薬『ドS錠』を入れちゃったんだ☆」

「なにしとるんじゃキサマは！」

生存フラグに、フラグちゃんが近づいてきた。いつもより距離が近い……鼻がくっつきそうな程だ。

「生存フラグさんってえ、可愛いですよね」

「な、なんじゃ藪から棒に」

「とくに……」

小悪魔のように笑って、

「優しくなりたいのに、つい暴言吐いちゃうところとか♪」

「キサマ――」

言い返そうとしたとき、フラグちゃんが背後に回り込んできた。羽をくすぐられる。

「ここが弱いんでしょう？」

「ひゃうっ！　そ、そこは」

甘い声を出し、うずくまる。

そこへ恋愛フラグも近づいてきた。手には薬瓶を持っている。

「よぉし。せーちゃんには、モブ男くんと同じ『ドM錠』飲ませちゃおっかな～」

「や、やめろぉ……ひううっ」

くすぐりが絶妙すぎて、動けない。

恋愛フラグが『ドM錠』をつまみ、生存フラグの口元に持ってきた時……

「いたずらは、メッですよ」

フラグちゃんが、それを奪い取った。

「ちょ、ちょっと、しーちゃん？　……むぐっ」

驚く恋愛フラグの口に『ドM錠』を放り込み、飲ませる。

すると彼女の紅い目が、瞬時にとろけた。主人からの命令を待つ忠犬のようだ。

その頰を、フラグちゃんは優しく撫でる。

「『フクカエール』持ってますよね？　出して下さい」

「はぁい」

恋愛フラグは手をかざし、デジカメ型の天界アイテムを出した。写真をとる要領で使えば、一瞬で着替えさせることができる。

フラグちゃんが『フクカエール』を受け取り、それを恋愛フラグに向けると……

服装が変わり、肌面積が一気に増えた。

「最近街で流行の、生存フラグさんの包帯ファッションですよ」

「ヤ、ヤダぁ！　こんな恰好恥ずかしくて、死んじゃうよぉ！」

恋愛フラグは胸元を押さえ、しゃがみこんだ。

「キサマどういう意味じゃ」

大いに不満そうな生存フラグ。

恋愛フラグは初めて味わう、ドMの悦びにひたりながらも……少し違和感を覚えた。

(あれ？　なんだかこの包帯、感触が変だよ)

布というより、柔らかな紙みたいだ。

「ま、まさかこれ、包帯じゃなくて」

「そうです。それは……」

フラグちゃんは庭の井戸で、ジョウロに水を注いでいる。

「実はぁ、トイレットペーパーなんです☆」

そしてジョウロで、恋愛フラグに水をかけはじめた。トイレットペーパーがみるみる溶け、胸が見えそうになる。

「ちょ、しーっちゃん、やめっ」

「や・め・ま・せ・ん♪　ほぉ〰〰ら。お水ちょろちょろ〰〰」

「ひゃああああっ」

甘い声をあげ、逃げまどう恋愛フラグ。

（し、しーちゃんをドSにしたのは大成功……いや、大失敗だったかも⁉）

珍しく、完全に主導権を握られている。薬の効果が切れるまで、耐えるしかないのだろうか。

生存フラグがニヤニヤ笑いながら、

「ふん、たまには良い薬じゃ……むぐっ⁉」

その口に、フラグちゃんが『ドM錠』を放り込んだ。普段はドSの生存フラグが、ドMになった。

続いてフラグちゃんは、恋愛フラグに水をかけながら命令する。

「天界アイテム『恋の矢』を出して下さい」

言われたとおりに、二本の矢を差し出す恋愛フラグ。これを刺したもの同士は、一時間のあいだ相思相愛になる。

フラグちゃんは『恋の矢』を持ち、生存フラグのもとへ。碧い瞳が不安……そして期待に輝いている。

「そ、その恋の矢を、どうするつもりじゃ」

「貴方と恋愛フラグさんを相思相愛にして、それを撮影しちゃいましょっかぁ……？」

「や、やめるんじゃああ……」

否定はするも、ぞくぞくと内股をすりあわせる生存フラグ。

「どうしよっかなぁ。ちょっと座って考えます……そこの椅子、こっちへ来てください」

モブ男が、嬉しそうに駈け寄ってきた。

四つん這いになり、その背中にフラグちゃんが足を組んで座る。生存フラグと恋愛フラグが、次の命令を待つように跪く。もはやフラグちゃんは、この屋敷の王であった。

その時――

フラグちゃんのスマホが、テレビ電話の着信を告げた。

画面には笑顔の神様、隣にはNo.13もいる。

『やあ、No.２６９』

「お疲れ様です神様。今日は何のご用件でしょう」

神様は苦笑して、

『いや、最近№13に怒られてばかりでね……優しい№２６９と話して癒やされたくて』

フラグちゃんは、にたぁ……と笑い、

「そうですか。ところで相変わらず、画面越しでも加齢臭が伝わってきますね」

『どうしたの！　反抗期!?』

神様が涙目になった。

№13が目尻をつりあげ、

『何をいうのですか№２６９。神様に加齢臭などありませんよ。口臭はありますけど』

『フォローしてすぐ、叩き落とさなくてもよくない？』

やんわり抗議する神様。それを横目に、№13は当惑気味にいう。

『どうしたのです№２６９。あなたは死神にふさわしくないほど、優しい方だったでしょう』

「優しさなど捨てました。私は変わったのです」

フラグちゃんはスマホを遠ざけ、自分が『引き』で映るようにした。

電話相手の№13たちにも、従順に跪く生存フラグ、半裸の恋愛フラグ……そして椅子のモブ男が見えただろう。

「こんな風に、三匹のペットを従えるほどに」

『変わりすぎですよ⁉』

普段冷静な№13が、驚きの声をあげた。

『いったい何があったのですか！　説明しなさい！』

恐ろしい剣幕に、生存フラグがゾクゾクしながら説明した。

恋愛フラグの『ドS錠』という薬で、フラグちゃんはドSになり……

『ドM錠』という薬で、他の三人はドMになっているのだと。

『№51！　全くあなたはイタズラばかり！』

№13によるガチ説教が始まった。だが今の恋愛フラグには、それも快楽でしかない。

「ボ、ボク……」

『なんですか、言い訳があるなら聞きますよ』

「ボクを、もっと叱って！　お願いだからもっとぉ！」

『……』

テレビ電話が切れた。

恋愛フラグが肩を落としたとき、頬をぺしぺし叩かれた。

フラグちゃんだ。冷たく笑いながら舌なめずりして、

「恋愛フラグさん？　貴方は私のペットなのに、№13さんに尻尾を振って……」

「ひ、ひえ～ん」

「たっぷり、しつけが必要なようですね」

恋愛フラグは期待に身震いしながら、心の奥深くで考えていた、

（こ、今回は大失敗！　『次』はこんな事が起きないよう、慎重にフラグを設定しなくちゃ！」

そして。

フラグちゃんによる恋愛フラグへの『しつけ』は、夜中に薬が切れるまで続いた。

十話　攻略本を拾ったらどうなるのか？（九階層攻略）

都市リエナの市場の片隅で、モブ男は興奮していた。
（俺の名はモブ男。先ほど、妙な本を拾った）
表紙には『この世界の攻略本』と書かれている。ぱらぱらと読んでみたところ——魔物や、ダンジョン攻略についてなどの情報が満載であった。
（これはもしかしたら……すごい本かもしれないぞ）

「立ったぞ？」


生存フラグが現れた。その後ろにはフラグちゃんもいる。

「ユニークアイテムを手に入れるのは生存フラグじゃ」

「なるほど……ところで、なぜフラグちゃんも？　おれ死亡フラグも立てた？」

「い、いえ、私はたまたま近くでお菓子を買っていただけです」

たしかにフラグちゃんはビスケットを持っているが――モブ男は別の事が気になった。

「なんで俺から目をそらすの？」

（ううう）

フラグちゃんは生存フラグの陰に隠れ、もじもじする。

『今回のモブ男』は知らないが……

フラグちゃんがモブ男と会うのは、『ドＳ錠（じょう）』を飲んで大暴れしたとき以来である。

薬が切れたときには、己のドＳ行為があまりにも恥ずかしくなり、一日じゅう布団にくるまったほどだ。

生存フラグ、神様、№13には平謝（ひらあやま）りした。だが『今回のモブ男』に謝っても、キョトンとされるだけだろう。

生存フラグが助け船を出すべく、さりげなく話題を変える。

「で、モブ男よ。その『攻略本』とやらを、ダンジョン攻略の役にでも立てるのか？」

「いや」

モブ男は首を横に振り、本を高々とかかげた。

「これには『ヒロイン攻略法』というページがある。つまりこれを使えば……モブ美（み）などの女性が、攻略できるということさ！」

「むむむ」

フラグちゃんが頬を膨らませる。

モブ男は『ヒロイン攻略法』のページを開いた。そこには、こう書かれていた。

〈ヒロイン1　モブ美〉

攻略難度：普通

とにかく金にがめついので、あなたが大金持ちになれば即落ちです

ただ金の切れ目が縁の切れ目。貧乏になればすぐに別れ話を切り出されるので注意しましょう

「貧乏なモブ男さんには、攻略不可能みたいですね」

ご機嫌になるフラグちゃん。調子が戻ってきたようだ。

モブ男が歯ぎしりして、次のページを開くと……

「あ、生存フラグさんも『ヒロイン攻略法』に載ってるぞ」

はぁ!?　と生存フラグが声をあげた。

モブ男が、その欄を読み上げる。

〈ヒロイン2　生存フラグ〉

攻略難度：超難しい
いつもツンツンして警戒心が強く、ガードは鉄壁です
ですが、猫好きという可愛らしい一面も
その話題を攻略の突破口にすれば、たわわを拝める日も来るかもしれません

モブ男は、生存フラグの胸をガン見しながら、

「いやぁ、猫はいいよね猫は」

「雑に、攻略の突破口ついてくるでない」

生存フラグがモブ男にチョップした。

その拍子に『攻略本』が落ちた。フラグちゃんが拾って見てみると……

『ヒロイン攻略法』に、自分も載っていた。

〈ヒロイン3　死亡フラグ〉
攻略難度：超カンタン
すでに貴方に惚れているので、告白すれば即落ち。ちょろいです

「うわぁあ――――!!」

フラグちゃんは自分のページを破り、それを大鎌で切り刻んだ。

モブ男が驚いて、

「あぁ何するのフラグちゃん！」

「プライバシーを守るためです！」

フラグちゃんは肩で息をしながら、モブ男に人差し指をつきつける。

「それよりモブ男さん！　こんなアイテムを得たんだから、少しは冒険に活かしたらどうですか」

「そうだな……」

モブ男はうなずいて、

「ダンジョン攻略してお宝をゲットし、大金持ちになろう。そうすればモブ美は即落ちって書いてあったし。あと生存フラグさん、猫のよさって何？」

雑に攻略してくるモブ男に、生存フラグはカカト落としをした。

「……まあ、ダンジョン攻略に前向きなのはよいがな。わしも九階層には苦戦しておるし」

生存フラグは先日、ソロで九階層に挑んだが失敗していた。

フラグちゃんは尋ねる。

「強いフロアボスがいるんですか？」

「それ以前の問題じゃ……まあ、三人で九階層へ行ってみるか」

■九階層

というわけで三人は、九階層の攻略に向かった。

今まで何人か、生存フラグ以外の冒険者も攻略に挑んだが、ことごとく失敗している。

なぜなら……

「少し歩くと行き止まりになり、フロアボスも、次の階層への道も見つからんのじゃ」

生存フラグは、身長二メートルほどのオークを蹴り飛ばしながら、

「わしはどこかに、隠し通路があるのではと睨んでおる」

「そこでモブ男さんの『攻略本』の出番というわけです……ねっ！」

フラグちゃんは大鎌で、動く樹木の魔物を切り倒す。

この都市最強クラスの二人に護られながら、モブ男は『攻略本』を開いた。

九階層のページを見れば、たしかに『隠し通路』についての記載がある。スイッチを押すと、開くらしい。

「これかな？」

モブ男は石畳の隙間に、小さなスイッチを発見。

それを押すと、壁が開いていき……隠し通路が現れた。

そこには無数の罠があったが、モブ男の的確な指示でかわすことができた。攻略本には、罠についての記述もあるからだ。

フラグちゃんは感心した。

「見直しましたモブ……」

ばしゃー、と、上から水が落ちてきた。

フラグちゃんのTシャツが濡れ、未成熟な体に張り付く。両手で胸元を隠し、

「きゃあっ！　モブ男さん、わざとこの、服が濡れるトラップだけ言いませんでしたね？」

「いや、マジで見逃したんだよ」

モブ男は真剣な顔で、

「びしょ濡れトラップがあると気付いていたら、たわわな生存フラグさんが引っかかるように仕向けるさ」

「ムカつくけど、説得力はすごいです……」

それからも、いくつもの罠をかいくぐって進むと——

一辺十五メートルほどの、正方形の部屋に出た。中央には、大きな石像が鎮座している。

モブ男は攻略本を見て、

「あれが九階層のフロアボス『愛の石像』らしい」

　生存フラグが一瞬で間合いをつめ『愛の石像』にキックした。

　だがビクともしない。攻撃もしてこないが、これではどうしようもない。

「モブ男よ、どうすれば『愛の石像』とやらを倒せるのじゃ」

　彼は攻略本を読み上げる。

「『愛の石像の前で、女性同士で〝大好きゲーム〟をしてください』」

「「？」」

「『お互いが、お互いの、いいところを三個言います。一個言うたび最後に『大好き』とつけてください』」

「はぁ!?」

　生存フラグは、激しくうろたえた。そんな恥ずかしいこと誰が……

「生存フラグさん――」

　フラグちゃんが、生存フラグを見上げてくる。胸に小さな手を当て、流れるように一気に言った。

「ぶっきらぼうだけど優しいところ、大好きです。

　猫や折り紙が好きなところが、可愛くて大好きです。

　私の初めての友達になってくれてありがとうございます。大好きです」

「…………」

生存フラグは硬直したまま、二十秒ほども経ってから、

「早いわ!!」

碧い目を激しく泳がせて、

「キ、キサマだけ終わらせるでない！　こういうのって、交互に言い合うものではないのか？」

「そうなんですか？　貴方の大好きなところ三つなんて、瞬時に浮かんできたので」

生存フラグの顔が真っ赤になり、それを手の甲で隠した。

モブ男は心の底から楽しそうに、

「生存フラグさぁぁ〜〜ん？　フラグちゃんが言ったんだから、今度は君の番だよぉ」

両手を叩いて煽る。

「はい言って。だーい好き、だーい好き」

(こやつあとで蹴る)

そう決意しつつ、生存フラグはフラグちゃんと向き合った。

やりたくないが、このゲームをしないと九階層をクリアできないというのなら。

「お、落ちこぼれと馬鹿にされても、いつも前向きで頑張っとる所が……大好きじゃ」

「……わぁ」

フラグちゃんは本当に嬉しそうに、頬に両手を当てた。

それを見ていると、自然に言葉が出てきた。

「そういう風に素直なところも、だ、大好きじゃ」

あまりの恥ずかしさに、全身が震える。

「は、初めての友達になってくれてありがとうな。大好きじゃ!!」

やけくそとばかりに、ダンジョンに響き渡るほど叫んだ。

（や、やったぞ。これで次の十階層に……）

そう安堵したとき、モブ男が次のページをめくった。

「『大好きゲーム』は攻略に何の関係もありませんが、絆は深まったでしょう。よかったですね』」

「攻略本書いたヤツ殺す!!」

生存フラグは咆哮した。

モブ男を涙目で睨みつけ、ぎりぎりと歯ぎしりする。

「モブ男よ……キサマもう少し先まで読んでから、わしらに指示をだせ」

「すいませんでした」

謝るモブ男。

フラグちゃんは『大好きゲーム』の余韻が残っているのか、嬉しそうに頬を染めている。

「ええと、この九階層の本当の攻略法はと……」

モブ男はなぜか、いやらしい笑みを浮かべた。

そして高らかに読み上げる。

「『女性が、攻略本の所持者にキスすれば『愛の石像』は砕け、十階層への道が開きます』」

「嘘ですよね!?」

悲鳴をあげるフラグちゃんだが……攻略本をのぞきこめば、たしかにそう書いてある。

生存フラグが耳打ちしてきた。

「キサマがやれ」

「は!?」

「わしは死んでもやりたくない。キサマはモブ男を憎からず思っておる。どっちがやるべきかは明白じゃ」

確かにそうだが……

(こんな形でしてしまって、いいんでしょうか)

モブ男を見れば、目を閉じ、タコのように唇を尖らせている。客観的に見れば激烈に気持ち悪いが——

(モブ男さん……)

惚れた弱みか、カッコよく見える。攻略本通り、フラグちゃんはチョロかった。

めいっぱい背伸びして、モブ男に顔を近づけていく……

だが。

（や、やっぱりだめ！）

モブ男の手から『攻略本』を奪い取り、生存フラグに渡す。

そして、その白い頬にキスした。

あっけにとられる二人に、フラグちゃんは言い放つ。

「攻略本には『女性が、攻略本の所持者にキスすれば』と書かれてます。所持者――つまり、持っていればいいということです」

その解釈は正しかったようで、『愛の石像』は砕け……下り階段が現れた。

最後の十階層へのものだ。

「ほら！　やっぱり私の解釈は正しかったですよね！」

ヘタれた事を誤魔化すように、テンションを上げるフラグちゃん。

生存フラグは肩をすくめて、

「はあ……まあよいわ。何はともあれ、これで最後の十階層へ行けるわけじゃからな」

フラグちゃんは『X』の言葉を思い出す。

『ダンジョンの十階層のボスを倒せば『アイテム』のありかを教えよう』

『アイテム』を手に入れれば、天界に帰ることができる。

(そうすれば、この都市リエナでの生活も終わり……ですね)

『X(エックス)』により強制的に始まったものだが、楽しい思い出も沢山ある。友人二人と同居したり、モブ男(お)と冒険したり……

フラグちゃんは、少し名残惜(なごりお)しく思った。

⚑『X』

一方、フラグちゃんたちが住む屋敷。

恋愛フラグは自室で『ハッキングデキール』を通し、九階層攻略の様子を見ていた。

(『大好きゲーム』を頑張るせーちゃん、可愛(かわい)かった～)

手間暇(てまひま)かけて、攻略本を作った甲斐(かい)があったというものだ。

さあ、次はいよいよ最後の階層。今まで温存しておいた、あの魔物たちの出番だ。

十一話　骸骨になったらどうなるのか？（十階層攻略）

大見得（おおみえ）を切る

　フラグちゃんたちが住む屋敷。

　そこで三人は、パンにスープ、紅茶などの朝食をとっていた。話題は、ダンジョンの攻略についてである。

　残るは、地下十階層のみ。そこのフロアボスを倒せば、『X（エックス）』は仮想世界から出る『アイテム』のありかを教えると言うが……

「ねえ、せーちゃん。いよいよ、最後の十階層の攻略だね」

「……うむ」

　固い表情でうなずく生存フラグ。

　恋愛フラグが紅茶の香りを楽しみながら、

「でもせーちゃんには難しいかな～。なんたって、アンデッドがいるフロアなんでしょ？」

　生存フラグは、スープを飲む手を止めた。

　先日、生存フラグは十階層の攻略に向かったのだが……そこはなんと、アンデッドだらけのフロアだった。
お化けの類いが苦手な生存フラグは、回れ右するように逃げてきたのだ。
空気の悪さを感じた恋愛フラグちゃんが、
「わ、私と恋愛フラグさんで攻略しましょうか？」
「いや」
生存フラグはスープを飲み干し、立ち上がった。
「第十階層、ソロで攻略してみせる。わしに怖い物などないと証明してやる」
力のこもった足どりで、屋敷を出る。
そして門を出たところで……壁に手をついた。
（はあ）
ス〇夫に大見得を切る、の〇太のようなことをしてしまった。
（だ、だが、もう引き返すわけにはいかんのじゃ）
両こぶしを握り、己を奮い立たせる。そしてダンジョンへ向かった。
——一方、三人が住む屋敷。
恋愛フラグは食器の片付けをしながら、内心ほくそ笑んだ。
（あはは♪　せーちゃんは扱いやすいなぁ）

計画通り、ひとりで十階層へ向かってくれた。

（『今回』のモブ男くんには、あの天界アイテムを使ってるから……せーちゃんとの化学反応が期待できそう。楽しみ～）

一方、フラグちゃんは心配そうだ。食器を洗う手が止まっている。

「生存フラグさんは大丈夫でしょうか。私も後を追ったほうが」

今すぐ加勢されては、あまり面白くない。

恋愛フラグは、やんわりと制した。

「せーちゃん強いから平気だよ～。さ、一緒にお皿洗おう」

フラグちゃんは、しぶしぶうなずいた。

（さて、せーちゃんは見事十階層を攻略できるかな？）

そのときは……いよいよ約束通り、『X』の正体を明かすとき。

ゲームのクライマックスは近づいている。

『X』は、ご機嫌に鼻歌をうたった。

⚑骸骨になったらどうなるのか

場所は変わって、ダンジョンの十階層。

(俺の名はモブ男。冒険者だ。ダンジョンで気絶して目をさますと……)

なんと、骸骨になっていたのだ。服などは何も身につけておらず、骨がむきだし。

「うおおお！　なんだこりゃあ！」

いちおう、喋ることはできるらしい。

(……しかし)

ふと、違和感がわいてくる。

(最近また、人生を何度もやり直してるような気がする)

以前フラグちゃん達と夏休みを過ごした時にも、あった感覚だが……

『別の人生』の記憶が、時々よぎるのだ。

食べた魔物の能力をコピーしたり、鑑定能力を使ったり、『攻略本』を持ったり。

だが、いま考えても仕方ない。とりあえず歩き出す。肉がないぶん体が軽いため、かなりの違和感があった。

(フラグちゃんは、現れないな……死亡フラグが立たないという事は、俺は既に死んでるって事か？)

そのとき突然、曲がり角からゾンビの魔物が現れた。

「っ!?」

一瞬ビクっとしたが、相手が会釈をしてきたのでこちらも返す。どうやら同じ魔物だと思われているようだ。

すれ違う魔物たち、全てアンデッドである。

（さて、これからどうすべきか）

この姿では人里に戻れないし、魔物として生きていくにも抵抗がある。

（とりあえず、なにか身につけたいな）

骨がむきだしの状態でいるのはかなり怖い。転んだだけで体がバラバラになりかねない。

（あっ）

倒れている骸骨戦士がいた。魔物同士で同士討ちでもしたのか、頭を砕かれていて動く気配はない。

鎧を見ると、まだ使えそうだ。モブ男は剥ぎ取ってみた。

（……あれ、これは）

どうやら女物の鎧のようで、胸に大きなふくらみがある。いわゆるビキニアーマーというやつだ。

だが、ないよりはマシなので着てみる。剣も、錆びてはいるが使えそうだ。

その時。

足音と、不安げな息づかいが聞こえてきた。

通路の向こう側から、怯える小動物のように現れたのは……

(生存フラグさん？)

「ひっ」

モブ男に気付き、短く悲鳴をあげた。顔面蒼白になりながらも、拳を構えている。

(生存フラグさんは強い。このままではやられる)

モブ男は両手を挙げて、

「うらめしや、呪うぞおおおお!!」

「きゃあああ!!」

可愛らしい悲鳴をあげて、逃走する生存フラグ。

モブ男が追いかけると……生存フラグは足をもつれさせ、転んでしまった。お尻を床につけ、モブ男を見上げてきた。

いつもは強気な碧い瞳が、うるうると潤んでいる。

(あ、あの生存フラグさんが……なんかドキドキするな)

だが、ここまで脅してしまった以上、正体をあかせばキツい制裁が待っているだろう。

骸骨として、やりきるしかない。

せっかくビキニアーマーも着ているし、女の骸骨のフリをした方が警戒感を解けるはず。

モブ男は体をくねらせ、裏声を出した。

「私、悪い骸骨じゃないよ！　元冒険者だけど、アンデッドになっちゃったの！」

「ううう、嘘つけ、油断させて、危害を加えるつもりじゃろう」

モブ男は、さっき拾った剣を投げ捨てた。

「これで信じてくれる？」

生存フラグは疑わしそうな眼差しのままだが、しぶしぶうなずいた。

いつでも逃げられるような体勢をとり、おずおず尋ねてくる。

「わしは生存フラグという。キサマも元人間なら、名はあるじゃろう。なんという」

モブ男は少し考えたあと、

「……ほ、骨子」

「なんで骸骨になること前提みたいな名前なんじゃ!?」

もっともな疑問だ。

モブ男は適当に言い訳をする。

「『骨が丈夫な娘に育って欲しい』という、両親の願いが込められているわ」

「まあ、骨だけで動きまわってるお前を見る限り、その願いは通じておるようじゃが……」

呆れたように言う生存フラグ。

モブ男は裏声で、

「あなた、アンデッドが怖いのね」

反射的に否定しかける生存フラグ。だが醜態（しゅうたい）を見せた以上、隠しても仕方ないと思ったのか、

「……そうじゃ」

「でも、この階層はアンデッドだらけ。そんなんじゃ攻略なんてできないわ」

「……」

生存フラグは押し黙った。自分でもわかっているらしい。

そのときモブ男に、ゲスな閃き（ひらめ）き。

「じゃあ私で、アンデッドに慣れてみたら？」

「な、なるほど……」

「触ってみて」

生存フラグは少しためらったあと。

おそるおそる指先で、モブ男の上腕骨（じょうわんこつ）に触れてきた。

（おあっ）

体は骨のはずなのに、しっかりと生存フラグの感触や体温が伝わってくる。

モブ男は興奮を必死でおさえ、おだやかな声を作り、

「もう少し、しっかり触ってみたら？」

モブ男の正面に生存フラグは回り込み、頭蓋骨をぺたぺたと触ってきた。

眼前で、巨乳が無警戒にフルフル揺れている。

（おお！）

眼球がないので、胸をガン見していることもばれない。

「骸骨になってよかった」

「ん？　何かいったか？」

「いやなんでもない……ねぇ生存フラグ、少しはアンデッドに慣れてきたかしら？」

「う、うむ——ところで骨子よ、なぜキサマはわしに協力してくれるんじゃ？」

モブ男は、さらに悪知恵を働かせた。

寂しそうに見えるよう、うつむいて、

「生存フラグが……私のお姉ちゃんに似ているからかも……」

「なんと」

「お姉ちゃん、私が心細いときは、抱きしめてくれたんだ」

聞こえよがしに、こう続ける。

「もう一度、抱きしめられたいなー。でもこんな姿じゃ、会いに行けないしなー」

「こ、こうか？」

ふわりと。

生存フラグが両手を伸ばし、胸で頭蓋骨を包み込むように抱きしめてくれた。

（ふぉおおお！）

温かなプリンに、顔全体がつつまれているような感触。

モブ男の欲望は、留まることを知らない。

「お姉ちゃんは他にも、一緒にお風呂に入ってくれたなー」

「ふ、風呂？　ここはダンジョンじゃし、わしが再現するのは無理……」

「じゃあ妥協して、膝枕でいいよ」

「妥協!?」

思い出の妥協とはなんなのか、と思う生存フラグだが。

根は優しいので、膝枕をしてあげた。

モブ男は仰向けになり、間近にそびえる二つの山をガン見する。

（うっひょおぉおお～～～～～！　骸骨になってよかった！）

善意に、つけこみまくるモブ男。

そのあと生存フラグは折り紙で、モブ男にリボンを作ったりもしてくれた。二人は随分、うちとけてきた。

「おぬしと過ごすことで、少しはアンデッドに慣れてきた気がする」

「よかった☆」

生存フラグは拳を振り上げ、決意に満ちた声で、

「よし――わしはこれから、この十階層の攻略に移る！」

▶攻略

十階層は前述したとおり、アンデッドのフロアだ。

奥へ進めばスケルトンや、重武装した骸骨騎士などが現れる。

だがいずれも生存フラグの敵ではない……まともに戦えればの話ではあるが。

「ううう」

生存フラグはモブ男の陰に隠れ――骸骨だから敵から見えまくりだが――ゆっくり進んでいた。

たまに骸骨騎士が現れると、生存フラグは薄目になってなるべく見ないようにし、パンチや蹴りで粉砕する。

「やるわね、生存フラグ」

「ふ、ふふふ、見たか。わしに怖い物などないのじゃ」

……だが、そんな強気も。

十階層の最奥(さいおく)にたどりついたとたん、吹っ飛んだ。

そこにいたのは、フロアボス……ゾンビウィザードだ。体高四メートルはあろうかというゾンビである。腐った体にローブをまとい、杖(つえ)を持っている。

「ひぃぃ」

生存フラグは足をガクガクさせ、生まれたての子馬状態だ。今までの敵は骸骨だったが、今度はゾンビ。グロテスクさがケタ違いだ。

ゾンビウィザードが火炎魔法を放ってきた。モブ男は生存フラグの手をとり、逃げ回る。

「す、すまぬ骨子(ほねこ)」

（闘争心が全然ない。このままじゃ……）

モブ男が焦(あせ)ったとき。

ゾンビウィザードが生存フラグめがけ、魔法を唱えた。


「死(デ)の呪文(ス)」


命を奪う魔法である。天使である生存フラグに効く確率は低い。

（だが万一効いたら……）

モブ男は両手を拡げ、生存フラグをかばった。『死の呪文』をまともに受ける。

「う……うあああああ!!」

全身に、とんでもない激痛。これはただごとではない。自分は骸骨なのに『死の呪文』が効いたのだろうか。

「骨子────!」

生存フラグが叫ぶ。

怒りが、恐怖を忘れさせたのだろう。

高々と跳躍し、ゾンビウィザードの顔面に連続パンチを浴びせる。そして宙返りし、強烈なカカト落とし。

ゾンビウィザードが倒れた。

「やったか!?」

「生存フラグさん！　それは倒してないフラグ！」

とつぜん、フラグちゃんの声が聞こえた。

たしかにゾンビウィザードは地に伏したまま、再び『死の呪文』を放とうとしている。

「えーい！」

フラグちゃんが大鎌で、ゾンビウィザードの首を切り落とした。今度こそ、動かなくなった。

生存フラグは、フラグちゃんを見て……安堵の表情を浮かべた。

だが慌てて不機嫌を装い、そっぽを向く。

「ふん、余計なことを。キサマなぜ来た」

その言葉に。

フラグちゃんは、珍しく怒気をこめて返答した。

「何言ってるんですか。友達を心配するのは当たり前じゃないですか」

「……そ、そうか」

生存フラグの頬が朱に染まる。大見得きったのに助けられてバツが悪いが、嬉しさも感じる。

だが骨子のことを思い出し、慌ててかけよる。先ほど『死の呪文』を食らったときから、ぐったりしている。

「おお骨子、わしをかばったばかりに……ん？」

骨子の体がキラキラと輝いていき……みるみるうちに、肉や血管、筋肉がついていく。

そして、ビキニアーマー姿のモブ男になった。

頭には、生存フラグが作った折り紙のリボンがついている。

「へっ？」

間抜けな声を出す生存フラグ。

そこへ靴音が近づいてきた。恋愛フラグだ。

「どうやら『死の呪文』を食らったとき、ちょうど、天界アイテム『骨露丸』の効果が切れちゃったみたいだね～」

「ほ、『骨露丸』……？」

「パーティグッズ的な薬で、人間を一時的に骸骨に変えるものだよ。間違えてモブ男くんに飲ませちゃったんだ」

生存フラグの体が、震えてきた。

「となると、つまり『骨子』は、モブ男……」

骨子とのやりとりが蘇る。ぺたぺた触ったり、膝枕させられたり、胸でハグさえも！

「モ、モブ男、キサマぁ……!!」

「ひぃいいい！」

怯えるモブ男に。

生存フラグは、デコピンした。

「さっきは庇ってくれたな。膝枕の分は、これでおあいこじゃ」

「生存フラグさん……」

感謝の眼差しを向けるモブ男。

「じゃがこれは、ハグさせられた分じゃ！」

生存フラグは、思い切り蹴り飛ばした。

疑念

「さて、十階層のフロアボスは倒した。これで、この仮想世界から出るための『アイテム』の場所がわかるはずじゃが……」

そう呟きつつ、生存フラグは『X』について考えていた。目星をつけていたのだ。

恋愛フラグに視線を移し、

「『X』は、キサマではないのか？」

空気が張り詰めた。

「生存フラグさん、冗談は止めてください」

フラグちゃんはオロオロしている。だが生存フラグには、ある程度根拠があった。

(なぜ『X』は、この仮想世界に沢山のフラグを用意したのか?)

神様が以前言ったとおり——天界に恨みを持っているなら、そんなことをする必要がない。

だが……恋愛フラグが『X』ならば、色々つじつまが合うのだ。

(恋愛フラグが優先するのは、何よりも『楽しむこと』じゃ)

この仮想世界で、モブ男は様々なフラグを立てて、その度に破滅などの目にあってきた。

そのことで一番楽しむのは、恋愛フラグである。

「ひ、ひどいよせーちゃん、ボクを疑うなんて」

恋愛フラグは両手を顔に当てる。うつむいて、涙声で、

「何か証拠でもあるの?」

(証拠……たしかにないが)

生存フラグが手詰まりになったとき。

先ほど蹴り飛ばしたモブ男が、頭を抱えて戻ってきた。

フラグちゃんが心配そうに、

「モブ男さん、大丈夫ですか?」

「うん……ただ、頭を打ったせいか、最近脳裏にチラつく『別の人生』の記憶が出てきた」

――『別の人生』。

つまり『他のモブ男』のことだろうか。

そしてモブ男は、何気なく恋愛フラグに尋ねた。


「前は聞きそびれたけど『またの名前：「X」』ってどういうこと？」


あたりに衝撃が走った。

フラグちゃんが前のめりになり、

「モ、モブ男さん、何を言ってるんですか？」

「んー、なんか以前？　『以前』ってなんのことだろ……まあいいや。人のステータスを見れることがあったんだ」

『鑑定能力を持つモブ男』のことであろう。

「その時、恋愛フラグさんの項目に『またの名前：「X」』ってあったんだよ」

「！」

「そうか。俺をフロアボスとして雇った『X』って、恋愛フラグさんだったんだね……あれ？　これもいつのことだっけ……？」

「でかしたぞモブ男」

生存フラグは、珍しくモブ男を褒めた。

「恋愛フラグ――いや『X』。もう言い逃れはできんぞ」

「ふふ、あはは」

恋愛フラグが顔から両手を下ろす。

そこには、子供のように無邪気な笑顔があった。

「鑑定スキルでバレちゃったかぁ～……モブ男くんは本当に面白いね」

手をかざすと、空中からノートパソコンのような道具が現れた。

「天界アイテム『ハッキングデキール』。これでボクはこの仮想世界の管理者権限を神様から奪ったわけ。壊せば、天界へ帰れるよ」

「それが、わしらが捜していた『アイテム』というわけか」

恋愛フラグは『ハッキングデキール』を弄びながら、

「ボクが犯人って、ずっとヒントは与えてたんだけどね。この都市の名前とか」

「この都市の名前？　『リエナ』……。…………そうか！」

納得した様子の生存フラグに、フラグちゃんがたずねる。

「ど、どういうことですか？」

「アナグラムじゃ。リエナをローマ字にするとｒｉｅｎａ。文字の順番を入れ替えてみろ」

「ええと……あ、ｒｅｎａｉ……恋愛！」

答えは最初から示されていたのだ。恋愛フラグらしい、イタズラ心というべきか。

フラグちゃんは更に困惑し、大鎌を握りしめた。

「恋愛フラグさん、どうしてこんなことを」

「ん？　楽しいからだよ☆」

あっけらかんと言う恋愛フラグ。

フラグちゃんは唖然とした。

「そ、そんな理由で……」

「でも……しーちゃんも楽しかったでしょ？　ボク達との共同生活や、モブ男君と過ごせる世界」

フラグちゃんは反論できなかった。たしかに、楽しむ気持ちがなかったわけではない。

恋愛フラグは、優しく甘い声でささやく。

「ここでずっと暮らさない？　天界で暮らすより、よっぽど楽しいよ」

たしかに天界は、フラグちゃんには苦い記憶が沢山ある場所。

落ちこぼれの死神として、同僚からは馬鹿にされ続けてきたのだ。

『ダメ死神にも程があるよね』

『いなくなっても、誰も困らないっしょ』

そんな心ない声が、脳裏に蘇る。

(でも……そんな私を見捨てず、手を差し伸べてくれた方々がいます)

フラグちゃんは恋愛フラグを、真っ直ぐに見返した。

「神様は落ちこぼれの私のため、仮想世界という練習場所を作ってくださいました」

「……」

「№13さんも私たちを心配し、待ってくださっています。お二人の信頼に背き、のうのうと暮らすわけにはいきません」

小さな手を胸に当てる。

そして強い決意を込めて、叫んだ。

「なにより私には『立派な死神になる』という目標があるんです。そこから目をそらすことはできません！」

ぽん、と、頭に手が乗せられる。

生存フラグだ。フラグちゃんが誘惑を撥ねのけると、信じきっていたようだ。

「よく言った──さあ恋愛フラグよ、その『ハッキングデキール』とやら、壊させて貰う！」

生存フラグが飛びかかろうとした時。

その眼前に、とつぜん壁ができた。

「なっ」

壁の向こうから声が。

「言ったでしょ？　ボクには管理者権限があるって。だからこういう『オブジェクトの変更』もできるんだよ」

恋愛フラグの声が遠ざかっていく。

「この都市にお城あるよね？　そこへ来てよ。たっぷりおもてなしするから。じゃあ後でね～」

迷路のように変貌したダンジョンを、フラグちゃんたちは苦労しながら脱出した。

十二話　決戦でどうするのか？ 

フラグちゃん、生存フラグ、ビキニアーマー姿のモブ男(お)が、ようやくダンジョンから出ると……

都市の様子は一変していた。

まだ昼間のはずだが、夜のように暗い。なにより異様なのは、街外れにある領主の城の変貌(へんぼう)だ。

美しかった城が、まるで吸血鬼の城のように禍々(まがまが)しいオーラを放っていた。城のてっぺんには恋愛フラグのトレードマークである、赤いリボンが結びつけられている。

生存フラグは忌々(いまいま)しそうにそれを見て、

「『X(エックス)』——もとい、恋愛フラグはあそこにいるんじゃろうな。あの阿呆(あほう)をぶっとばして、『ハッキングデキール』を壊し、天界へ帰還するぞ」

「はい……でも簡単ではないでしょう。恋愛フラグさんはこの仮想世界の管理者権限を持っていますし、それに天界アイテムを数多く所持しています」

そのときフラグちゃんのスマホに、着信があった。

神様からのテレビ電話だ。

『思わぬ展開になってしまったね』

「まったくじゃ。なにが『天界に恨みを持つ者の仕業かもしれない……』じゃ。１００％愉快犯ではないか！」

『てへっ☆』

神様が舌を出し、己の頭をコツンとした。生存フラグは帰還したら蹴ろうと決めた。

そのとき神様を押しのけ、№13が画面に現れた。

『№２６９』

「は、はい！」

フラグちゃんが反射的に気をつけすると。

№13は髪をいじりながら、少し恥ずかしそうに言った。

『先ほどの言葉、嬉しかったです』

フラグちゃんが誘惑に負けず言った、この言葉だろう。

『№13さんも私たちを心配し、待ってくださっています。二人の信頼に背き、のうのうと暮らすわけにはいきません』

№13は、珍しく笑顔を浮かべて、

『天界に帰ってきたら、一緒にゲームでもしましょう』

「え、ゲーム⁇」

聞いたところによると、№13はテレビゲームをするのが趣味らしい。休日は詩集でも読んでそうなイメージなのに、意外だ。

生存フラグが唇の端をつりあげ、

「№13よ。『帰ったら～しよう』は、死亡フラグではないか？」

『……そうですね、私としたことが』

№13は苦笑した。

フラグちゃんも微笑む。№13と笑い合うなんて、初めてのことだ。

「ゲームで遊ぶの、楽しみにしてますね！」

そのとき№13の隣に、神様が現れた。

『ちょっとちょっと、僕の存在を忘れてない？』

「なんじゃ役立たず」

『ひどい！』

生存フラグは、神様に追い打ちをかける。

「事実じゃろうが。『ハッキング犯を調べる』とか言っといて、結局わしらがダンジョンを攻略するまで『X』の正体はわからんかった」

『僕も何もしなかったわけじゃないよ』

神様は表情を引き締め、

『『X』との決戦に備えて、準備はしておいたんだ。いわゆる秘密兵器さ』

「ほう……」

生存フラグは感心した。『天界の最高指導者』という肩書きは伊達ではないという事か。

『いくよ。プログラム起動！』

神様が何か操作をすると、周囲が光り……

モブ男が、五人になっていた。

「え⁇」

目を瞬かせるフラグちゃんに、神様は言う。

『いま増えた四人のモブ男は『その仮想世界』で君たちが出会ってきたモブ男——そのうちの何人かだ。特殊能力を持っている者もいる』

現代日本のネットショップを使えるモブ男、
食べた魔物の能力をコピーできるモブ男、
鑑定能力を持つモブ男、
時間停止能力を持つモブ男らしい。

「残念ながら、出会ってきたモブ男全員は出せなかったけどね」

「別にいらんわ」

生存フラグが吐き捨てた。仲間を追放したモブ男や、たこ焼きの屋台を営業したモブ男を出されても、役に立つとは思えない。

「何が秘密兵器じゃ、と言いたいところだが……いないよりはマシか」

神様と、No.13が激励してくる。

『頼むよ。No.51を止められるかどうかは、君達がその仮想世界で築いた絆にかかっている』

『がんばるのですよっ』

フラグちゃんは「はいっ」とうなずいた。

「よし。フラグちゃん、生存フラグさん、行こう！」

モブ男（ビキニアーマー）が先頭を切り、モブ男（ネットショップ）、モブ男（魔物）、モブ男（鑑定）、モブ男（時間停止）と続く。

「悪夢みたいな光景じゃ……」

生存フラグは、うんざりした。

いちおうラスボス打倒に向かう、勇者ポジションの一行なのだが……都市の人々は、ビキニアーマー姿のモブ男を見て逃げ惑う。

「きゃー！」「変態よ」

仲間と思われたくないため、フラグちゃんと生存フラグは少し離れて進んだ。

■ラスボスの城

街外れの城へ到着。中へ入ると広いホールがあった。

そこにある大階段の上のエントランスに、恋愛フラグがいた。

『フクカエール』で着替えたのか、フリルが沢山ついたゴスロリ風のドレスを着ていた。黒を基調としていて、どことなく魔王っぽい。

「みんな、いらっしゃい」

「決着をつけましょう、恋愛フラグさん」

「決着?」

恋愛フラグは、クスクス笑った。

「ボクを倒して『全て解決』ってなるかな?」

「ど、どういうことです」

フラグちゃんの問いに。

恋愛フラグは、とっておきの宝物を披露するように言った。

「実はね。『ハッキングデキール』は、何者かがボクに送りつけてきたんだよ」

「え、ということは」

「そう——今回の事件には、犯人のボクすら知らない『黒幕』がいるってこと!」

フラグちゃんは混乱した。黒幕は誰なのか。その目的は……

「うろたえるでない」

生存フラグの一喝で、はっとした。

「今は『ハッキングデキール』を破壊し、天界に帰ることに集中するのじゃ」

「……はいっ!」

フラグちゃんが覚悟を決めたとき。

「ふふっ、さすがせーちゃん。じゃあバトル開始!」

恋愛フラグは弓で矢をひきしぼり、フラグちゃんと生存フラグめがけて放ってきた。

恋の矢。

刺された者同士が一時間だけ相思相愛になる、天界アイテムだ。

「フラグちゃん危ない！」

モブ男(お)（ビキニアーマー）が両手をひろげ、つらぬかれる。

そしてもう一本は……

「フン」

生存フラグがモブ男（時間）の首根(くびね)っこをつかみ、楯(たて)にした。

「見たか恋愛フラグ。これが絆(きずな)の力じゃ」

「いや思いっきり、人間の盾でしょ？」

苦笑する恋愛フラグ。

そのときモブ男（ビキニアーマー）と、モブ男（時間）は起き上がり、近づいていき

……見つめ合う。

「なんだろう。お前の顔を見ると、とても安心するんだ」

「俺もだ」

「まるで、元々は一人の人間だったような」

「「もう一度、ひとつになろう」」

そして二人のモブ男は……

両手を恋人つなぎし、濃厚なキスを交わしあう。片方がビキニアーマーを着ているのが、なんだか生々しい。

他のモブ男三人は顔面蒼白になり、えずいている。

「「「おええ……」」」

恋愛フラグは同キャラ同士のキスシーンを撮影しながら、

「あはは、本当にモブ男くんは最高のオモチャだね！　もっともっと遊ぼうよ！」

再び手をかざすと、デジカメ型の天界アイテム『フクカエール』が現れた。

フラグちゃんと生存フラグに向け、シャッターを切る。

すると……

二人は布面積が極小の、マイクロビキニ姿になった。

慌てて己の体を隠す二人。

「モ、モブ男さん、見ないでください！」

だが言われるまでもなく、残った三人のモブ男は生存フラグだけをガン見していた。フラグちゃんはピコピコハンマーで三人を殴り飛ばした。絆の力など、もう微塵もない。

生存フラグは、こぼれそうな胸を押さえながら、忌々しげに叫ぶ。

「おい、ネット通販ができるモブ男！」

「は、はい！」

「今すぐわしと死亡フラグの服を買え」

モブ男（ネットショップ）が注文すると、すぐに段ボール箱が現れた。中には武道家っぽいチャイナドレスと、黒無地のTシャツ。チャイナドレスのスリットが恐ろしく深いところに、モブ男のスケベ心を感じる。

生存フラグと、フラグちゃんは服を着つつ、

「やはりアイツの天界アイテムは手強いな」

「はい。それに管理者権限で何をしてくるか……」

恋愛フラグが無邪気に笑い、

「あはは、まだまだいくよー！」

『ハッキングデキール』を操作すると……三十匹ほどのゾンビ犬が現れ、大階段を駆け下りてきた。

生存フラグが「ひっ」と悲鳴をあげる。特訓したとはいえ、アンデッドへの苦手意識は抜けないらしい。

フラグちゃんは大鎌を構えるが、一人で相手するには厳しい数だ。

「ここは俺に任せてくれ」

モブ男（ネットショップ）がネットでサラダオイルを購入し、それを大階段に撒いた。

ゾンビ犬たちは足を滑らせ、将棋倒しになる。

さらにモブ男（ネットショップ）は生肉も買った。それをばらまき、ゾンビ犬の注意をそらす。

「ナイスですモブ男さん！」

フラグちゃんがその隙をついて突撃。大鎌をふりかざし、次々と仕留めていく。

ゾンビ犬の壊滅で、生存フラグは元気を取り戻した。

大階段を駆け上がり、エントランスにいる恋愛フラグへ襲いかかる。

「覚悟！」

その時、モブ男（鑑定）が叫んだ。

「生存フラグさん。それはニセモノだ！　変身する魔物『マネール』が変身したやつだ！」

「な――」

モブ男（鑑定）の言うとおりであった。

生存フラグのパンチが当たった瞬間、恋愛フラグはマネールへと変化した。

そこへ、物陰に隠れていたスライムが殺到していき……生存フラグのチャイナドレスを溶かしていく。

「くっ。俺の鑑定がもう少し早ければ」

「生存フラグさんをガン見しながら言っても、説得力ないですよ」

モブ男（鑑定）に、フラグちゃんはつっこんだ。

生存フラグは何とかスライムを振り払ったが、服は胸や腰など、きわどいところを残すばかりになっている。

真っ赤になりながら歯ぎしりして、

「おのれ恋愛フラグ、不埒(ふらち)な罠(わな)を」

「あはは、楽しいなっ♪」

恋愛フラグがいたのは……

二階のエントランスから、さらに上に向かう大階段。そのてっぺんだった。

「でも意外と、モブ男(お)くんたちがやっかいだね……そうだ☆」

恋愛フラグが、両手をぱちんと合わせて、

「モブ男くん、ボクの仲間にならない?」

「「へ?」」

モブ男(ネットショップ)、モブ男(魔物)、モブ男(鑑定)は驚いた。

フラグちゃんは警戒する。この流れは、もしや――

「そうすれば、世界の半分をあげるよ」

「「マジですか、師匠……」」

「立ちました!」

フラグちゃんは『死亡』と書かれた小旗を、高々と掲げた。

「モブ男さーん！　それは死亡フラグですよ！」

「「「え、なんで？」」」

「ラスボスの甘い誘いは死亡フラグ。どうせ世界の半分って『闇の世界』とかそういうオチですよ」

恋愛フラグは首を横に振り、

「そんな姑息なことはしないよ。きっちり、世界の半分――この世界の財産も、土地も、半分あげる」

「「「おお……」」」

そして最後の一押しとばかりに、ウインクしながら、

「大サービスで、女性は全員モブ男くんのカノジョにしていいよ☆」

「「「仲間になります」」」

三人のモブ男は、揃って土下座した。

「モブ男さーん!!」

「まさかここまでゲスとは……」

フラグちゃんは叫び、生存フラグは呆然と立ちつくす。

三人のモブ男は、二階のエントランスから大階段を駆け上がり、恋愛フラグのもとへ向かっていく。

その途中で。

「――あ、そうだ」

恋愛フラグが、いま思い出したかのように、

「世界の半分が欲しいモブ男くんは、三人いるよね？　どのモブ男くんがその権利を得るか、決めてくれないかな？」

「「「え」」」

「世界の半分をさらに三等分ってのは無しだよ。ちゃんと決めてね」

三人のモブ男は見つめ合い……

「俺だ」「俺に決まってるだろ」「いや俺だ」

いっさい譲り合うことなく、言い争いはじめた。しまいには掴み合い、殴り合いになる。

同キャラ同士の蠱毒だ。

「み、醜い……」

生存フラグはあきれかえった。

争い合う三人のモブ男とは対照的に、恋の矢を受けた二人のモブ男はディープキスをしている。悪夢のようだ。

「「「俺がハーレムを作るんだ！」」」

三人のモブ男は――

「「「あっ」」」

もつれ合い、大階段から派手に転がり落ちた。

……三人とも、ピクリとも動かない。打ち所が悪かったのか、どうやら全員死んでいるらしい。

「モブ男さーん!!」

「みごとなまでに、死亡フラグを回収してしまったのう……」

恋愛フラグは高笑いしながら、大階段を降りてくる。モブ男たちを見下ろし、

「あははははは……！　やっぱりモブ男くんは面白いね」

『ハッキングデキール』を手に取り、

「さて次は、しーちゃん、せーちゃんと、どう遊ぼうか――」

その時。

死んでいたはずのモブ男の一人がとつぜん立ち上がり、『ハッキングデキール』を奪い取った。

「えっ!?」

さすがの恋愛フラグも驚愕。

起き上がったモブ男は、首の骨が折(お)れているようで……生きている事など、ありえない。

生存フラグが顔面蒼白(がんめんそうはく)になり、必死に祈る。

「モ、モブ男、安らかに、安らかに眠るんじゃあ……」

モブ男はニヤリと笑って、

「俺は……食べた魔物の能力をコピーできるモブ男さ」

「食べた……」

フラグちゃんは、一つ思い当たった。

「まさか、さっき戦ったゾンビ犬！」

「そう。俺は何かの能力を得られるかも知れないと、ゾンビ犬の肉を少し食ってたんだ」

ゆえにアンデッドになり、よみがえれたらしい。

「あ、あんなの食べたんですか……？」

引き気味のフラグちゃんに、モブ男は笑顔を見せる。

「ドブの水で生ゴミを煮込んだみたいな味だったけど、フラグちゃんの料理と比べればマシだったから食べられたよ」

「どういう意味ですかー！」

ともあれ、ついに恋愛フラグの手から……

この仮想世界から脱出するための『アイテム』、『ハッキングデキール』を奪取(だっしゅ)したのだ。

形勢逆転された恋愛フラグだが、むしろ楽しそうに、

「さすがモブ男くんだよ。ボクの予想を裏切ってくれるね」

生存フラグが叫んだ。

「モブ男よ『ハッキングデキール』を破壊しろ！　そうすれば全てが終わる！」

「破壊……どうして？」

薄笑いを浮かべるモブ男に、フラグちゃんは嫌な予感がした。


「これは、俺が使う！」


「えええ――――っ!?」

ここにきて、モブ男がラスボスになった。

「だってこの道具さえあれば、何もかも俺の思い通りになるんだろう？」

「立ちました！　それ特大の死亡フラグです！」

フラグちゃんは『死亡』の小旗を激しく振った。欲望に取り憑かれた者は、たいてい死ぬ。

「あぁ……！」

恋愛フラグは頬を紅潮させ、ゾクゾク震えた。オモチャの予想外の動きこそ、彼女に

とって最大の楽しみである。

「それで、モブ男くんはどうしたいの？」

「決まってる――ハーレムだ！」

モブ男は『ハッキングデキール』を操る。どうやらそれほど、操作は難しくないらしい。

「モブ美、モテ美……それだけでなく、この世界に住まう全ての女性よ。俺のもとに集まり、俺を愛するのだ！」

すると。

モブ男の両隣に……モブ美とモテ美が現れた。

「モブ男ぉ」「モブ男くん」

左右から、しなだれかかる。『俺を愛する』という命令の効果か、モブ男にメロメロのようだ。

「ははは！　これぞ男のロマン！」

両手に花で、ご満悦のモブ男だが……

女性がどんどん増えていく。若い女性だけでなく、老婆やおばさん、女児、赤ん坊まで、モブ男に群がっていく。

「え、ちょ——」

続いては、なんと……

魔物まで現れた、たくましいオーク、ゴブリン、犬型魔物、ドラゴンなど。皆よだれをたらし、目を血走らせている。激しく発情しているようだ。

どうやら全てメスらしい。『この世界に住まう全ての女性』と言ったから、やってきたのだろう。

『女性』全てが、モブ男に向かっていく。

ようやく失策を悟ったモブ男は、大階段をのぼって逃げ出した。

慌てて『ハッキングデキール』を操作しようとするが。

大階段が、あまりの大人数に絶えきれず崩壊しはじめ……モブ男も落下していった。ゾンビゆえ大丈夫だろうが、そのあとメスモンスターたちから何をされるか……

「フラグちゃん、助けてぇえええ！」

「……はあ」

フラグちゃんは助走し、高々と跳躍。

モブ男を片手で受け止め、大鎌で『ハッキングデキール』を切断した。

ぱりん。と。

空間に巨大なヒビが入った。

この城が——そして都市『リエナ』が消えていく。

どうやらこれで本当に、天界へ帰れるらしい。

エピローグ

帰還

「№269、№269、大丈夫かい」

懐かしくも優しい声、そして、この口臭……

「神様……！」

フラグちゃんが目をあけると、ロン毛で無精髭の男性――神様がいた。

身を起こす。

周りを見れば、大理石作りの広いホールだ。天界の宮殿の、謁見の間。やはり仮想世界から帰還できたらしい。

「あ～、終わっちゃったかぁ」

恋愛フラグは頬をかきながら、ペタン座りしている。その表情には『楽しかった』という満足感だけがある。

それを生存フラグと№13が、睨みつけていた。

フラグちゃんは神様を見て、

「戻って……これたんですね、私達」

「うん」

「神様。『以前』のモブ男さんたちを出してくれて、ありがとうございました。あのおかげで、逆転できたと思います」

「まあ……モブ男が裏切ったり、色々あったけどね……」

神様は苦笑しつつ、

「私こそありがとう。№51の誘惑に抗った君の言葉、嬉しかったよ」

フラグちゃんは、恋愛フラグへの発言を思い出した。

『神様は落ちこぼれの私も見捨てず、仮想世界という練習場所を作ってくれました』

『なにより私には「立派な死神になる」という目標があるんです。そこから目をそらすことはできません！』

神様は優しく微笑んだ。

「君の初志は、決してブレなかった。これからも私は、君の成長を全力でサポートするよ」

「神様！」

フラグちゃんは感動しつつ『口臭さえなければ最高の再会だったのに』と思った。

「……さて」

冷たい声を出したNo.13に、皆が注目する。

「No.51。あなたには厳しい罰が必要でしょうね」

フラグちゃんは、おそるおそる言う。

「で、でもNo.13さん。悪いのは恋愛フラグさんに『ハッキングデキール』を送った『黒幕』じゃないですか」

「だとしても、実行犯はNo.51です」

ぴしりと言うNo.13。

生存フラグも深くうなずいて、

「そうじゃや。厳罰が必要じゃ」

恋愛フラグが目元に手を当てて、さも悲しそうに、

「せーちゃん、ボクは『黒幕』にそそのかされて無理矢理」

「キサマ魔王っぽい服を着たり、ノリノリだったじゃろうが！」

さすがにその言い訳は、無理があった。

神様が、おずおずと口を開く。

「No.13、僕からもお願いしたい。あまり厳しい罰は勘弁してあげてくれ」

「神様。あなたまで……どうしてですか」

「うん、なぜなら」

そして神様は。

人差し指同士をツンツンとさせ、蚊の鳴くような声で、

「『黒幕』私なんだよね……」

あたりが、沈黙に包まれた。

そして十秒ほどもしてから、

「「「はぁあああああ!?」」」

No.13が、珍しく動揺した様子で、

「な、なぜ、No.51に『ハッキングデキール』など送ったのですか」

「いやその、僕一人が仮想世界の設定をしてたら、どうしても発想に限界があるし、マンネリ気味になるだろう?」

神様は背を大きく丸めて、

「だから非凡な発想力を持つNo.51に、『ハッキングデキール』を送らせていただいた次第」

で……」

その目論見は、うまくいったといえる。

恋愛フラグが用意したファンタジー世界での数々のフラグは、今まで体験できなかったものだ。

No.13が、頭痛をこらえるように、

「なぜ誰にも内緒で、そんなことを」

「突発的なアクシデント、ってことにした方が、緊張感が生まれるだろう？　その方がNo.269やNo.11の訓練になると思ったし……」

「せめて私には、教えてくれてもよかったのでは」

「言いづらくなりまして……」

No.13は若草色の髪をかきあげ、大きな大きな溜息をついた。

神様はいつのまにか、正座している。

「神様——あなたの部下を育てようというお気持ちは、素晴らしいものだと思います。怒られるとわかっているのに『黒幕』だと明かしたのも、ご立派です」

「そ、そうかい？」

弱々しく笑う神様に。

No.13の、宮殿中に響き渡るような怒声が浴びせられた。

「でも今回はやり過ぎです！　反省しなさい！」

「ごめんなさ――い!!」

神様は土下座した。モブ男を真似ているのか、実に綺麗なものだ。

よい流れになったと思ったか、恋愛フラグがまた泣き真似をする。

「ひどいよ神様！　ボクを操るなんて！」

「嘘泣きは結構。あなたにも罰は受けてもらいますよ」

「ひえ～ん」

No.13に一喝され、恋愛フラグはしょんぼりした。

そして。

生存フラグが神様の前で腕組みし、頬をヒクヒクさせながら、

「キサマ、なにが『天界に恨みを持つ者の仕業かもしれない……』じゃ」

「ミ、ミスリードというやつで」

生存フラグが、修羅の形相になった。天界に恨みを持つ者になりそうなほどだ。

神様は肩を落とし、沈痛な顔で言う。

「己への罰として、丸坊主にするよ」

「神なんだか仏なんだか、よくわからなくなるじゃろ……」

髪をかきむしる生存フラグ。

そしてフラグちゃんが、神様に語りかけた。

「神様、丸坊主は結構ですが、今回はやりすぎです。メッですよ」

「な、№２６９、僕を嫌いになったかい？」

フラグちゃんは、神様の数少ない理解者。

それを失うことを恐れたか、とても不安そうだ。

「嫌いになんてなりませんし、それに……」

フラグちゃんは笑った。

そして神様に、そっと耳打ちする。

「楽しかったです。そこについては、ありがとうございました」


その後。

それぞれの罰は天界の大浴場の掃除を、神様が一ヶ月、恋愛フラグが半月と決まった。

⚑

謁見(えっけん)の間で、帰還したばかりのフラグちゃんが、皆と話し込んでいたとき……
彼女を部屋の外——大扉の隙間から睨(にら)みつける少女がいた。

「ぐぬぬ、№269め〜」

かなり特徴的な容姿だ。両目が別の色の、いわゆるオッドアイ。ツインテールの髪も、真ん中から左右の色が違う。

この少女が、フラグちゃんを目の敵（かたき）にする理由は……

「モブ君とずっと一緒にいたなんて、うらやましいぃ〜〜〜〜!!」

この少女は以前、ふとしたことから仮想世界の存在を知り——

どういうわけか、モブ男（お）に恋していた。

恋敵（こいがたき）であるフラグちゃんが、モブ男がいる仮想世界に閉じこめられたと知り、夜も眠れない日々をすごしていたのだ。

仮想世界の様子が気になり、設計者である神様の動きをコソコソ探っていたこともある。

（あの時は危なく、たまたまいた№13さんに見つかるところだったわ……）

彼女は死神№51。

役割（ロール）を『失恋フラグ』といった。

改めてフラグちゃんを睨（にら）みつけ、心の中で叫ぶ。

（負けないわよ№269。私はモブ君の運命の相手……になる予定の、女なんだから！）

あとがき

どうもこんにちは。壱日千次と申します。

『全力回避フラグちゃん！』の小説版二巻を手にとっていただきありがとうございます。

今回のフラグちゃんたちは、ファンタジーっぽい仮想世界で騒動を繰り広げます。動画同様、お楽しみいただければ幸いです。

それでは謝辞に移ります。

原作者のｂｉｋｉ様、株式会社Ｐｌｏｔｔ様には、今回もアドバイスやご指摘等、大変お世話になりました。ありがとうございました。

担当編集のＮ様、Ｓ様、素敵なイラストをお描き頂いたさとうぽて先生にも、感謝申し上げます。

それでは、またお会いできれば幸いです。

壱日千次

MF文庫J

全力回避フラグちゃん！ 2

2022年 3月25日　初版発行
2024年 1月20日　6版発行

著者　壱日千次

原作　Plott、biki

発行者　山下直久

発行　株式会社 KADOKAWA
〒102-8177 東京都千代田区富士見2-13-3
0570-002-301（ナビダイヤル）

印刷　株式会社 KADOKAWA

製本　株式会社 KADOKAWA

Printed in Japan　ISBN 978-4-04-681292-6 C0193

●お問い合わせ
https://www.kadokawa.co.jp/（「お問い合わせ」へお進みください）
※内容によっては、お答えできない場合があります。
※サポートは日本国内のみとさせていただきます。
※Japanese text only

◆◇◇

【 ファンレター、作品のご感想をお待ちしています 】
〒102-0071 東京都千代田区富士見2-13-12
株式会社KADOKAWA　MF文庫J編集部気付「壱日千次先生」係　「さとうぽて先生」係　「Plott」係　「biki先生」係

チャンネル登録者数６４万人を突破！
（２０２２年３月１日現在）

YouTube発で
大人気の
大注目作！

Planning in progress!

コミカライズ
企画
進行中!

全力回避フラグちゃん！

チャンネルＵＲＬはこちら！
https://www.youtube.com/channel/UCo_nZN5yB0rmfoPBVjYRMmw/videos

二次元コードからチェック！